講談社文庫

五郎丸の生涯

三浦明博

講談社

目次

五郎丸の生涯

第一話　納屋の犬

早春の寒々しい田園を借景《しゃっけい》に、煙突からひと筋の煙が立ち昇っている。

「仙台《せんだい》の街のほうが、寒いっちゃなぁ」

首の手拭《てぬぐ》いを巻き直して、老人は呟《つぶや》いた。ひとり言がすっかり癖《くせ》になっているが、自分では気がついていない。田起こしもまだはじまらない三月上旬、風は強くはないものの気温はまだかなり低かった。

川べりの小径《こみち》を歩きながら、煙草《たばこ》が吸いたくなってきて、シャツとズボンのポケットを探ったが見あたらない。どうも車に忘れてきたようだ。

老人は斎場《さいじょう》の裏手にある駐車場に停《と》めた軽トラックまで戻り、運転席の横に置いたゴールデンバットをとってきてから、ふたたび川を望む土手に立った。

のどかな景色だった。しわくちゃになった箱から煙草を一本とりだし、ライターで火をつける。斎場の担当員は、火葬《かそう》が終わるまで一時間ほどかかると言った。大型犬などの場合は小さな猫に比べて時間がかかるから、翌日以降に引き取りに来る人も多いのだと、なかば親切心から言ってくれたに違いないが、老人の住まいは仙台市といっても西のはずれ、秋保《あきう》温泉の先にある山奥の一軒家で、少し行けば山形《やまがた》県という土地である。

片道だけで一時間もかかる運転を、明日もしなくてはならないと思うと気が重かった。だから終わるまでその辺をぶらぶらしていると告げて、斎場を出てきたのだった。出たのはいいが午前の早い時間帯で、周囲は川と田んぼ、そして仙台市郊外のショッピング施設があるばかりで、自分が時間をつぶせそうな場所ではないらしいとようやく気がついた。

振り返り、煙突からでている煙をもう一度見やる。

あの大きな秋田《あきた》犬《いぬ》がいま焼かれているのだと、煙草をゆっくり吸いながら老人は思った。

斎場の焼却炉《しょうきゃくろ》から吐き出される煙は薄く、光のかげんなのか、淡いグレーにも濃い白色にも見えた。ときおり揺れるようすが哀《かな》しみを湛《たた》えているように感じられなくもないが、もちろんそれは老人の心情が投影されているだけで、煙そのものの色合いとは無関係だった。

仙台市郊外、東の外れに位置するペット斎場は市営の施設で、動物の火葬をしてくれる場所は市内でもここだけだと近所の人から聞き、軽トラックの荷台に犬の遺骸《いがい》を載せてやってきた。

計量所で重さを量《はか》り、二十キロ以下の場合は四六〇〇円、二十キロを超える場合は九三〇〇円で、持ち込みによる火葬、お骨も引き取りの場合だという。年金暮らしの老人にとって一万円近い出費は大きかったが、たかが犬とはいえども、ひとつの命が消えたのだからそれも仕方がないと思った。

小柄な老人が重い犬の死体を軽々と持ち運ぶのを見て、係員は目を丸くしていたが、これぐらいならまだまだやれるという自負はある。もう少し若い時分には、三十キロの米袋を日に何十袋も運んだものだ。

斎場の目の前には警察犬の訓練所があり、その隣には動物霊苑《どうぶつれいえん》と大書《たいしょ》された看板も見える。背後には、白と黄色に塗り分けられた巨大なゴミ焼却場もある。人間の場合と異なり、動物の死とゴミとは近しい関係なのだろうかと、そんなことをぼんやり考えた。

小径に沿った場所に、低いフェンスが張り巡らされたさほど広くもない空間があって、一頭の黒い犬と三人の人間がいた。犬の種類はわからなかったが、明らかに洋犬と知れる顔と体軀《たいく》で、ほとんど毛がないように見える。五十センチばかりの高さの障害物があって、首輪から伸びた紐《ひも》を手にした若い女が犬に飛び越えさせていた。それから男のほうへ紐を手渡し、同じことをやってみるようにと促《うなが》している。

ひとりの若い女が、ひと組の老夫婦に何かを教えているような雰囲気だった。警察犬訓練所とあったが、もしかしてこれが訓練なのかもしれない。どこのものともわからない犬が火葬されている目の前で、血統も育ちも申し分がないのであろう犬が、人さまの役に立つために調教されている。

何かもやもやした心持ちになってきたから、老人は回れ右をして川を眺《なが》めることにした。穏《おだ》やかな日でさほど寒さは感じなかったが、土手から岸辺に降りていくと、頰《ほお》を切るような川風が吹いていた。

ふと川下に目をやると大きな橋が架《か》かっており、その下が日溜《ひだ》まりになっていて、ひと休みするにはうってつけの場所に見えた。歩いていくと、南から陽《ひ》が射《さ》しこんで風を防いでくれる場所があった。ゆるい傾斜になった護岸のコンクリートブロックに腰をおろすと、老人はもう一本煙草に火をつけた。

秋田犬は、老人が飼っていた犬ではなかった。

さっき斎場の担当者と話していたときのことを思い出し、老人は煙を吐き出しながら微苦笑を浮かべた。

「こりゃまた、りっぱな秋田犬でしたなあ」

計量所の秤《はかり》に段ボールごと載せながら係員はつぶやいた。ひとり言なのかどうか量りかねたので、老人は黙っていた。

「生きていた頃は、さぞ毛並のきれいな犬だったでしょうねえ。人間にすると何歳ぐらいだったんですか」

どうやら飼い主と思って尋《たず》ねているようだと知って、老人は口を開いた。

「おらが飼ってたのではねえのさ」

係員は秤の目盛りから目を離して、老人のほうを見た。黒縁《くろぶち》めがねの奥にけげんそうな色が浮かんでいるのが見てとれた。

「おじいさんの飼い犬じゃないんだったら、この犬は、どこの犬なんです？」

「それがちょこっとややこしい話なんだげっと、話すと長くなっから」

「それじゃご家族か、ご友人の方が飼ってたとかでしょうか」

口調《くちょう》に不審《ふしん》の色がにじんでいた。困ったなと老人は思った。禿《は》げあがった頭頂部を撫《な》でていると、係員は言った。

「飼い主、わからないんですか」

「飼い主が誰かっつう話ではなくて、野犬《やけん》だったんだと思うんだ」

「ありゃりゃ」係員は頭に手をやった。「そういうことだったら、わざわざおじいさんが運んでこなくたって、電話をもらえればしかるべき施設に連絡して引き取りに行ったんですよ。てことは、おじいさんは縁《えん》もゆかりもない野良犬の死体を、手間ひまかけてわざわざ運んできたというわけですか」

老人は、うまく説明できない頭の回転の悪さをうらんだ。ひとり暮らしが長いせいか、物事を考えているときは年のわりに頭が働くほうだと自負しているのだが、他人との会話となるとびっくりするほど言葉が出てこなくなる。

「そうしたら処分するお金もかからなかったのになあ。今日はたまたま他の動物の焼却がなかったから、急に運んできてもらっても対応できたけど、いつもだったら予約の電話を入れてもらってるんです。事前に連絡してもらえたら飼い犬じゃないこともその時点でわかって、市のほうで処理に出向くこともできたと思いますよ」

係員に責《せ》められているのかと思ったが、そうではなくて、親切心から言ってくれているらしかった。老人は少々大げさな身ぶりで、手を左右に振った。

「いいのいいの。どっちにしたって、おらがこの犬ば葬《ほうむ》ってやるべと思ってだの。この秋田犬、家の外にある納屋《なや》の中で死んでたもんだがら」

「ああ、それだったらしょうがないか。たとえ飼っている犬じゃなかったとしても、個人の敷地内で死んでいた場合は、申し訳ないんですが、個人で費用を負担してもらう決まりだから」係員はつづけてこう尋ねた。「それじゃあ、お骨の引き取りは希望されませんね？」

意味がよくわからなかったので訊《き》き返すと、お骨の引き取りを希望しない場合には、他の死体と一緒に火葬にした上で、こちらで処理することになっているのだという。飼い主が墓に入れようと考えている場合は、お骨が混じってしまってわからなくなると困るから、一頭ずつ火葬にするので費用も割高になるが、そうでない場合は複数頭を焼却炉で火葬するため一八〇〇円ですむのだと、彼はなおも親切に教えてくれた。

老人は重ねてその申し出を断った。自分の家の敷地で死んでいたのも何かの縁だろうから、骨は持ち帰るつもりなので、一頭だけの火葬でお願いします。そう告げた。

それにしても、と係員は首をかしげながら言った。

「こんなりっぱな秋田犬なのに、なんでまた野犬なんかに……」

ごとん、という大きな音でわれに返った。橋の上を大きな車が通りすぎていったのだった。長くコンクリートの上に座っていたためか、尻と腰のあたりが冷えて強《こわ》ばってきた。

立ち上がって伸びをしながらあたりを見ると、丸い石がいくつか組んであり、その内側が黒く焦《こ》げていた。少し離れた場所には、若者が花火をしたらしき残骸も散らかっている。

雑草に引っかかっていたビニール袋を手に持つと、老人はゴミを拾いはじめた。組まれた石の中には燃えかすがあり、焚火《たきび》の跡だろうと思われた。ここは川原だから、この焚火はたぶん釣り人だ。彼が暮らしている秋保温泉の奥にも水のきれいな川がいくつか流れているが、毎年春から夏にかけて川原にいくつもの焚火跡が残される。花火の跡は、こっちは若者に違いない。車に乗り込んで何人かでやって来て、おおかた酒でも飲みながら花火に興じたのだろう。彼らは、そのすぐそばに動物の墓場とペット斎場があることに気づいていただろうか。

いや、気づいていなかったはずだと考えた。老人はひとりで過ごす長い時間を、目の前にある事象について自分なりの推測を立ててみるのを好んだ。だらだらと間延びしたような人生の時間の中で、頭を使って物事を考えているときだけ、生きている手応《ごた》えのようなものを感じることができた。

そんなことを思いながら身体と手を動かしているうちに、ゴミ拾いは終わっていた。顔をあげたとき、低い堰堤《えんてい》に流木《りゅうぼく》が引っかかっているのが目に入った。照りつける陽射《ひざ》しの中、その白くて細長い流木は骨を連想させた。反射的に、斎場の方向を見た。

あの煙突の下でいま焼かれている秋田犬の骨はどんなだろう。きっと太くて重くて頑丈に違いない。虎は死して皮を残し、人は死して名を残すというが、おらの場合は何ひとつ残せねえで終わりだなと老人は思う。

だが、最後に骨だけは残る。おらの骨は太くて丈夫だからな。

子どもの頃から背丈は小さかったが、相撲《すもう》だけは強かった。神社の境内《けいだい》で毎年秋に開かれる相撲大会では、小学校の時分に横綱になったこともあったぐれえだ。

ふと気配を感じてふり返ると、少し離れた場所に少年が立っていて、こちらをじっと見ていた。そういえばさっき川原で釣りをしている子どもがいたが、あの子だろうか。

老人はゴミの入った袋を手に、土手の道を歩いていく。駐車場に停めた車の荷台にのせて持ち帰ろうと思った。通りすがりに、こんにちはと声をかけると、少年がややためらったあとでこう言った。

「ゴミ拾いしてたの？」

「なに、暇《ひま》つぶしさ。どうも花火のゴミみてえだなあ」

老人は袋をあげて見せた。

「おじいさん、この近くに住んでる人？」

「違う。おらは秋保温泉の奥のほうからきたんだ」

「ぼく、秋保温泉に泊まりに行ったことあるよ」

「ほう、そうかい」

老人は川をあごで指して尋ねた。「魚は釣れたかね」

「今日はだめだ。でもここ、すごくいいポイントだから、もうちょっと暖かくなってくれば、でっかいのが釣れる。ぼくだけの秘密の場所なんだよ」

小学校の四年か五年ぐらいだろうかと見当をつけた。東京で暮らす息子の長男、孫の一成《かずなり》と同じ年頃だろうか。

「でもおじいさん、どうしてこの近くの人じゃないのに、この川のゴミを拾ってるの？」

揶揄《やゆ》する口調ではなく、心底不思議だという気持ちが表れていた。老人はどう言うべきかとしばし思案した。孫に同じことを訊かれたら、どう答えるだろう。

「まあ、ボランティアみてえなもんだ。川原でも田んぼでもどこでも、ゴミが落ちてるよりは落ちてないほうが、きれいで見ていても気持ちいいもんだ。違うかい」

「こういうのもボランティアっていうんだ。そういえばおじいさんは、秋保温泉のほうに住んでるのに、なんでこんなとこまで来たの？　何か用事があったの？」

老人は自然と頬がゆるんでくるのを感じた。この年頃の子は、とにかく世の中すべてのことが不思議でしょうがないらしい。

なんで？　どうして？　と質問ばかりしてきたものだ。そういえば孫の一成もたまに会うと、もっとも自分だって、と自嘲《じちょう》気味に考える。この年になっても、社会のことも自然のことも知らないことだらけなんだがな。ことに、いくつになってもわからないのが人間だ。

本気で理解しようとすると、人間ほどむつかしいものはない。中には、若いくせに人間というものがわかるやつもいるのかもしれないが、少なくとも自分は年を経《へ》るごとにわからなくなるような気がする。

「死んだ犬を焼きに来たのさ」

自分の飼い犬ではないのだとは、あえて言わなかった。次はその件について、さらに質問攻めに遭うのがおちだ。

「ラブラドールレトリーバー？　ダルメシアン？　もしかして、ミニチュアダックスフントとか？」

「それは、あれかい、犬の種類かね」

「そう。ぼく、犬の名前は詳しいんだよ」

「犬を飼ってるのかい」

何気《なにげ》なく訊き返したとたん、少年は悔《くや》しそうな顔をした。

「お母さんが飼わせてくれないんだ。何度もお願いしたけど、うちは犬が飼えるような広い家じゃないからだめって言って。けど、そんなの嘘《うそ》だ。たんにお母さんが動物嫌いだからなんだ。それに、ソファや床が毛で汚されるのが嫌《いや》なんだよ。うちのお母さん、ばかみたいに掃除ばっかりしてるから」

「もしかすると、新しい家なのかな」

「うん、そう。ぼくが小学校に入ったときに建てた。おじいさんの家は、新しい？」

老人は首を横に振った。ひょんなことからあの古い家に移り住んだのは、十数年前のことで、昔からあの場所で暮らしていたわけではない。ただし築年数は古いが、建物の構造や骨組みは頑丈そのもので、これからもまだまだ住めるはずだ。もっとも、住みつづける人間がいたとしての話だが。

家もあそこまで長持ちすると、長い時間を経過する中で周囲の景色《けしき》に馴染《なじ》んでしまうものなのか、色調といい外観といい、まわりの林と溶け合って区別がつかないほどになっていた。家というものも、ある種の生き物と同じになるのかもしれない。

「死んだ犬の種類は、何？」

「秋田犬だな」

「何歳だったの？」

「そうさなあ、たぶん十歳かそこいらだろう」

「飼ってたのに、犬の年もわからないなんておかしいよ」

そう言って少年はけたけたと笑った。よく乾《かわ》いた薄板を叩き合わせるような、小気味のよい、生命感に溢《あふ》れた笑い声だった。

ずいぶん久しぶりに子どもの笑い声を聞いたなと老人は思った。最後に孫の顔を見たのはばあさんの葬式のときだから、もう三年も前のことになる。そういえばあのときに、いま目の前にいる少年ほどの年頃だったのだから、三年も経ったらそろそろ中学校に上がったかもしれなかった。

「犬の火葬が終わるまでここで待ってるんだね。骨は持って帰るの、それともここの」少年が動物霊苑の方向を指さす。「動物のお墓にうめるの？」

「家に持って帰るのさ。あの犬は重い墓石の下にいるよりは、山の中の日当たりのいい土の中にいるほうがいいんでねえかな。秋田犬っつうのはもともと熊狩りに使われてた犬だから、おそらく森だの沢だのが近くにあったほうが落ち着くべ」

「ここだって七北田《ななきた》川のすぐそばだよ。田んぼだってあるし」

「ああ、そうだな。ここもなかなか悪くない景色だ」

少年の自宅はこの近くにあるのだろうと思い、老人はそんなことを言ってみる。こういうのもお世辞《せじ》のうちに入るんだろうか。

「おじいさんは何歳ですか？」

少年が急にあらたまった口調で尋ねたので、自分の年を告げた。あまりに離れすぎているからか、それとも身近に祖父母がいないのか、どうもぴんとこないという顔つきだった。

「人間も死んだら焼かれるんでしょ？」

「そのようだな」

嫌な方向に話が向かいそうな気配《けはい》を感じ、老人は居心地《いごこち》が悪くなってくる。

「おじいさんは、何歳ぐらいまで生きると思う？　百歳？」

ぐっと詰まった。無理やりに笑みをつくってみせたつもりだが、泣き顔に近い表情になってしまっていたかもしれない。

「百歳は無理かもしれねえな。おらはもう、充分に生きたから」

「ぼくは長生きしたい。百歳まで生きるつもり」まるで来週の予定でも話すように少年は言った。

「ねえ、ぼくも死んだら焼かれると思う？」

虚《きょ》をつかれ、まだあどけなさの残る相手の顔をまじまじと見た。それから老人は話題を逸《そ》らそうとして、斎場の煙突のほうに目をやった。さっきまでかすかに吹き出していた煙が消えていた。

「さて、犬の火葬もそろそろ終わったか」

老人はひとり言のように呟くと、少年を見た。少年は微《かす》かに会釈《えしゃく》すると、釣り竿《ざお》を置きっぱなしにしてある川岸のほうへと走り去っていった。駐車場の軽トラにゴミを積んでから焼却炉脇《わき》にある受付に行った。床をほうきで掃いていた係員が、段ボールの箱をさしだして言った。

「段ボールにそのままじゃなんだと思って、たまたま布があったんでその上にのせておきましたからね」

見れば麻布のようなものが敷いてあり、その上に何本もの骨が重なっている。

「ああ、これはこれはどうも申し訳なかったです」

「予想したとおり、りっぱな骨でしたな。この犬の晩年がどうだったかは知りませんが、少なくとも子どもの頃や育ち盛りの頃には恵まれた暮らしをしていたんでしょう。せめてそう思いたいものです」

老人はもぐもぐと感謝の言葉を告げると、段ボールを受けとった。一礼をして、車に向かう。

段ボール箱がまだ熱を帯びていた。太くて灰色の骨はまだ熱かった。箱を両手で抱えていると、まるで小さな生き物が中に入っていて、体温が伝わってくるような心持ちがした。

狭い助手席に段ボールを置いてエンジンをかけた。狭い車内はすっかり冷え切っていた。古い車なので、エンジンの回転が安定するまで少し待つことにする。

犬が死んでいた納屋は母屋《おもや》と同じように古く、床が昔ながらの土間《どま》になっているのだが、そこを掘ったような痕跡《こんせき》があった。死ぬ寸前だったために力が入らなかったのか、さほど深くはなかったものの、わずかにへこんだ穴に腹這《はらば》いになり前脚にあごをのせていた。

その印象は、威風堂々《いふうどうどう》としたものだった。威厳があったと言いかえてもいいほどで、犬の死骸にこんな言い方はおかしいのかもしれないが、どこか侵《おか》しがたい神々《こうごう》しささえ感じた。同時にとても柔和《にゅうわ》で満ち足りたような顔にも、自分の気のせいかもしれないのだが、見えた。

確かに最後は野犬だった。しかし、いまわの際《きわ》におらの家の納屋に入ってきたぐらいだから、たぶん長いこと人に飼われていたんだろうと老人は考えた。飼い主に愛されて、幸せだった頃だってあったんだろう。

顧《かえり》みるに、おらは幸福だったんだろうか。お骨になってしまった犬に、自分のこれまでの人生を重ね合わせて老人は思う。おらにだって幸せだった時代はあったんだがな、信じられねえかもしれんが。

いや、そもそも幸福ってのはなんだろうか。すっかり焼かれて骨になっちまったこの秋田犬の幸せ、その野良犬の死体を運んで家に持ち帰ろうとしている、すっかり年寄りになってしまった自分の幸せ――。

「犬の骨に訊いてみたって、答えられるわけねえべな」

自嘲気味に笑いながら軽トラックを出した。ペット斎場前の細い通りを抜けて、右に曲がるとすぐに大きなバイパスの交差点に出た。赤信号で待つ間、何かひと仕事すませたような達成感があった。

いや、まだ仕事は残ってるぞ。ハンドルを握りながら自分にそう言い聞かせた。しかも今日中にまだ二つも、大仕事を片付けなければならない。

信号が青に変わり、ほかの車に迷惑をかけないように左車線をゆっくりと走りながらゆるやかな坂を上っていく。坂を上りきったあたり、交差点の右手に大きな病院の建物が見えてきたとき、老人ははっとした。

ばあさんが入院したのがこの総合病院で、亡《な》くなるまでの数ヵ月の間に幾度《いくど》となく足を運んだのだった。今朝斎場へ来るときもこの同じ道を通ったはずだった。けれどもあのときは道順を間違えないようにと、それだけに神経を集中していたし、なにしろ慣れない仙台市街の道路だったこともあってか、まったく気がつかなかった。

†

帰り道は、三十分もよけいに時間がかかってしまった。

行きは気を張りつめて運転してきたのだけれど、帰りはほっとしたのと、あの病院の前を通ったことでばあさんのことを思い出してしまい、気持ちが落ち着かなくなり街中で二度も道を間違えた。秋保の田舎道《いなかみち》ならUターンして戻ればいいだけだが、仙台市中心部の六車線道路ではそうはいかず、一区画をぐるりと回って戻らなければならなくなるため大幅に時間をくった。

自宅に帰る前に、近所の家に寄った。今朝早くに、ペット斎場のことを教えてくれた礼を言っておこうと思ったのだ。お供《そな》え物にちょうどいいと考えて、ばあさんの好物だった支倉焼《はせくらやき》をみやげ代わりに買ってきてある。

軒先《のきさき》で声をかけると、廊下の奥の座敷からよっちゃんが顔をだした。

「あら、大丈夫でしたか。道には迷わなかった？」

「行きはまっすぐ行けたんだが、帰りはちょっくら迷ったよ」ばあさんが死んだ病院のことを話そうかどうしようか迷ったが、結局言わずにおく。「でもまあ、みやげは買ってこれた。ほれ」

支倉焼をさし出すと、よっちゃんはびっくりしたように笑い、遠慮がちに受けとった。

「それで犬のお骨、持ち帰ってきたんですか」

「ああ、車さ載ってる。行きは重かったが、帰りは軽くなった。人も犬も、死んじまったら変わりねえな」

「お骨はどうするつもりなの？」

「そうさなあ」老人は出してもらった焙《ほう》じ茶をひと口飲んで言った。「裏山に穴でも掘って埋めてやろうかと思ってる。飼い犬だったわけでもねえんだから、まさかばあさんの墓の中に一緒に入れるわけにもいかねえべしな」

「そうですか、そうですよねえ」通り一遍《いっぺん》の相づちを打ち、つづける。「あたしで何か手伝えることがあれば遠慮なく言ってくださいね。ほんとに」

よその家の嫁に手伝ってもらえることはあるだろうかとぼんやり考えてから、お茶をひと息に飲み干し、重ねて礼を述べてから、ふたたび車に乗って家へ向かう。あと橋を二つ渡れば自宅だった。

あの家の主《あるじ》だった重雄《しげお》は古くからの顔なじみだったが、二年ばかり前に心筋梗塞《しんきんこうそく》で亡くなった。嫁のよし子は、ひとり暮らしになった老人のことを気にかけてくれていて、犬が死んでいるが火葬するにはどうしたらいいか尋ねると、公営のペット斎場があると地図を持ってきて教えてくれたのだった。

家に戻るとまず仏壇《ぶつだん》の前に秋田犬のお骨を置いて、線香《せんこう》をあげてから鈴《りん》を二回鳴らし、手を合わせた。いつもならば、ばあさんに向かって心の中であれこれと語りかけるところだった。いまは犬に対して拝《おが》んでいるのだが、いったい何を話せばいいのだろうと、そんなことを考えているうちにだんだん面倒くさくなってきて目を開けた。もともと信心深いほうではない。

「なあ、ばあさん。なして順番に逝《い》がねがったんだべな」

気がつけば亡き妻に向かって話していた。

何ごとにも順番っつうのがあるはずだ。平均寿命は男のほうが短いんだし、何よりおらのほうが五つも年が上なのによ。いまさら蒸《む》し返しても詮《せん》ないことと知りつつ、老人はなおも胸のうちで思う。

重雄もそうだったが、まわりの夫婦や家族を見ても多くの場合先に死んじまうのはじいさまのほうで、ばあさまたちは最初こそしょげてはいるが、そのうちひとりで生きていける逞《たくま》しさを身につけていく。そのような例はこれまで、数えきれないほど目にしてきた。

それで良かったのになあ。おらは、ばあさんより先に逝くとばっかり思ってたのに。なして神様はおらより先に、ばあさんのほうを連れていったんだか。

腹が、くうっと鳴った。柱時計を見あげると十二時を回ったところだった。台所へ行って湯を沸かし、蕎麦《そば》を茹《ゆ》でて食べた。電気ポットの湯を急須にそそいで、漬け物をかじりながらお茶を一服飲み、それから食器を洗った。

洗い終え、意を決したように顔を引き締めると、庭の外れにある納屋へ向かった。広さは十五畳分ほどもある古い造りの納屋で、閉め忘れた戸のすき間から入りこんだものか、今朝早くにあの秋田犬がこの中で死んでいたのだった。把手《とって》に手をかけ、数秒迷ったのちに開けると、ごとごとと鈍《にぶ》い音がした。

中は薄暗かった。なるべく上を見ないようにスコップをとり出そうとしたが、どうしても梁《はり》からぶら下がったロープが目に入ってくる。ナイロン製の、黒と黄色の丈夫な虎ロープである。

ロープの下端には、ちょうど人の頭がすっぽり入るほどの輪がつくってあり、その下の土間には、古ぼけた木の椅子が置かれていた。

老人は両手に軍手をすると、穴掘り用の先丸スコップを肩に担《かつ》いで納屋を出た。母屋をぐるりと裏手にまわり、背後の雑木林《ぞうきばやし》の中に分け入っていく。山里だから町場よりは雪が多いものの、まだ蕾《つぼみ》だけの落葉樹の林は最近の暖かさで、雪がところどころ斑模様《まだらもよう》に溶けはじめていた。

あまり奥に入ってしまっては見つけにくくなると考えながら、ある場所に見当をつけていた。十メートルばかり入ったところに、二股になった栗《くり》の木があり、そこの手前が梢《こずえ》の切れ間になって陽が当たり、すっかり地面が出ている。

「よし、ここにすっぺ」

老人は、犬の骨を埋める墓穴を黙々と掘りはじめた。腐葉土《ふようど》は柔らかく湿っていて、スコップの先端はさくさくといくらでも刺さる。ものの二十分もしないうちに、けっこうな大きさの穴が掘れた。汗が流れる暇もなかった。

いったん家へ戻り、仏壇の前に置いてあった犬の骨が入った段ボールを持って、同じ場所へと戻る。

「さあてと、ここがお前さんの墓だ。こいづはなかなかどうして、良い環境だと思わねが?」

骨に向かって話しかけながら、箱から一本ずつ骨をとり出す。いちばんりっぱで太い二本は後ろ脚の太腿《ふともも》だろう。それを下に敷いてから、細い骨を順番に重ねるように置いていく。最後に残った頭蓋骨《ずがいこつ》を両手で捧げるように持ち、小さく会釈するような仕草をしてからそっと一番上に安置した。

土を静かに上からかけると小さな盛り土のようになった。それから庭の端まで行って、いくつか転がっていた石の中から手頃な大きさのものをひとつ選び、ネコと呼ぶ一輪運搬車に載せて墓の場所へ戻った。まだふかふかしている土の上に、卵形をした高さ四十センチばかりの石を立てた。

秋田犬の墓の完成だった。

わずかに青苔《あおごけ》が生えた石の上に木漏《こも》れ日が射しこんでいた。まるで何十年も前からこの場所に墓石として建てられていたみたいに、周囲の風景に馴染み、溶け込んで見えたことが老人を満足させた。

そのときふと思った。飼い犬だったとしたら、こいつにも名前はあっただろう。いったいなんという名だったのか。墓碑銘《ぼひめい》を入れてやりたいんだが、いかんせん知る手だてはなさそうだ。仕方ねえな、これで勘弁してくれ。

一輪車にスコップと軍手を載せて、納屋の前まで運んで停める。さて、と老人は思う。これでまずひとつ、仕事が終わった。

最後の最後に、いちばん気が重い過酷な仕事が残っている。時間をおいてしまうと気力が萎《な》えてしまいそうな気がしたから、すぐにも最後のひと仕事をしようとしたところに客がやってきた。

「あら、須藤《すどう》さん。ようやく戻ったのね」

「ああ、どうも。いや、ちょっと用事をすませて……」

不意の来客に老人がどぎまぎしていると、斉藤知加子《さいとうちかこ》という民生《みんせい》委員は気さくな感じで彼の腕をぽんぽんと叩いた。

「用事というと、買い物か何か？」

「いや、そういうのではなくて」

「野暮用《やぼよう》かしら？」

うんと、ううんの中間くらいのあいまいさで返事をすると、知加子はころころと陽気に笑った。

「午前中にも一度来てみたんですけど、お留守《るす》だったので出直したんですよ。それにしても、お元気そうで何よりでした。どうですか、その後何か困りごとなんかありませんでしたか」

「別に、これといって困ったことというのもないけんども」

地区の民生委員である彼女は、定期的にひとり暮らしの老人宅を訪れては何くれとなく世話を焼こうとしてくれる。けれども料理から庭仕事まですべて自分でやれる老人にとって、なかばお節介《せっかい》と呼びたくなるぐらいの存在だった。そもそも人と話すのが得手ではないし、してもしなくても変わりのない世間話というものができない。

「須藤さんは、持病《じびょう》はなかったでしたっけ」

「ああ、残念ながら病気はありません。病院へ行くのが嫌いなもんだから、病気があるのかないのか、自分でもわからん始末で」

「お年寄りの方は、ことにおじいちゃん方はほんとに病院が嫌なんですもんねえ。それでも仙台市の定期健診ぐらいは受けたほうがいいんですよ。この間もわたしが受け持ってる、ほら、篠原《しのはら》のおじいちゃん。なかば強制的に腕を引っぱるようにして健診を受けてもらって、それで結核《けっかく》が見つかって入院したんですから」

「結核とは、いまどき珍しいな」

「いえいえ、そうじゃないんです」彼女は大げさに手を振ってみせる。「ここのところ結核にかかる人って、若い人も含めてものすごく増えてるんですってよ。須藤さん、煙草は吸いましたっけ？」

　話がさらに厄介《やっかい》なことになりそうだったので、吸わないと答えると、知加子はいたずらっ子のように胸ポケットを指さした。

「嘘はいけませんよ嘘は」

「もうこれぐらいの年になったらば、いまさら吸おうがやめようが寿命《じゅみょう》にはなんも関係ねえんだっちゃ。あんだ、おらがなんぼなると思ってんの」

「まあ気持ちはわからないでもないですけど、そんなこと言わないでください。わたしら民生委員は、ひとりでも多くのお年寄りの皆さんに少しでも健康で長生きしてもらいたいと思って、こうして動き回ってるんですから。篠原のおじいちゃんだってねえ」

それから彼女は、篠原のじいさんの結核が発見されるにいたるまでの経緯を、大きな身ぶり手ぶりを交えて話しはじめた。しかし話はすぐに脱線して、年寄りである老人をも辟易《へきえき》させるほどまわりくどい。

こんなとき、よその家ではお茶の一杯も出すものなのかもしれないが、一刻も早く帰ってほしかったのであえて何もしなかった。最後に健康診断の申込用紙と、老人サークルのイベント日時が書かれたチラシを押しつけるように手渡すと、民生委員はスクーターで帰っていった。

やれやれという気分で家の中へ戻り、こたつに入った。天井《てんじょう》のすみにある蜘蛛《くも》の巣を眺《なが》めながら考える。今日はめずらしく、いろんなことが起きた日だった。

最近では、少なくともここ一年ばかりの老人の日常では、変化と呼べるほどの変化は何ひとつ起こらなかった。そういえば二日ほど前に地震があったが、どうということもなかった。

いつの頃からかははっきりしないけれど、気がつくと心に虚《うろ》のようなものができていた。身体のどこかにぽっかりと穴が空いており、その空洞は少しずつ少しずつ成長していくように思われた。目には見えないはずなのに、手に取るように自分ではっきりとわかるのだ。

古くからの友だちは皆、鬼籍《きせき》に入った。幸福な死に方をしたやつもいれば、哀《あわ》れな死にざまだった者もいた。だが、死んでしまえばみな同じだった。妻もいなくなった。いったい何が面白くて、自分は生きているというのだろう?

昨日と入れ替えても違いがわからない今日、そして、今日と同じくり返しになることがほぼ確実な明日を、待つともなく待つ日々だ。こんなふうにひとりになって、おまえはなぜ生きているのだと問いかけてみても、その答えはさっぱり見つからなかった。

朝起きて顔を洗い、ひとり分の粗末《そまつ》な飯を作って食べ、何のためにやっているのか自分でもよくわからなくなってしまっている畑仕事をし、残り物の食事をしているうちに日が暮れてしまえば、あとは寝るだけだ。そして翌朝から、また同じような一日の繰り返し。

死のうと肚《はら》を決めたのは、昨日の午後のことだった。

いくつか方法を検討してみて、やはり首をくくるのが確実だという結論にいたり、納屋にあった太縄をそのまま納屋の梁に結んでいるうちに、あたりはすっかり暗くなっていた。暗闇の中で死ぬのは嫌だと思った。かといって、蛍光灯《けいこうとう》の白々《しらじら》しい明かりの中で死ぬのはもっと気が進まなかった。

明日の早朝にしよう。薄明の中がいい。決心が揺らいだというわけではまったくなかった。死ぬ瞬間のことを想像してみてもそれほど怖ろしいとは思わなかったし、三途《さんず》の川とやらを本当に渡るのか、黄泉《よみ》の国ではばあさんや友人たちと会えるだろうかと考えていると、この退屈から抜け出せるかもしれないという昂揚感《こうようかん》に似た気持ちさえ起きてきた。

死んでしまえば荼毘《だび》にふされて最後はたんなる物質に還元されるのだ、というような科学的で無機質な思想はなかった。かといって、あの世やら極楽浄土やらで苦しみのない時間を過ごすなどと、頭から信じているわけでもない。

死んだあとのことなど、死んでみなければわかりはしない。死んだ者に直接尋《たず》ねて教えを請《こ》う方法などあるはずもないのだから、生きている者にできるのは死者を忘れないこと、そして死者に語りかけることぐらいと考えていた。

明日起きたらすぐ迷うことなく決行できるようにと、椅子を縄の下に準備して母屋へ戻ると、何かいいことがあったときのためにとっておいた冷や酒をコップに注いだ。末期《まつご》の水の前倒しだなとおかしくなった。

ゆっくりと時間をかけて一杯だけ飲み、何も食べずに床に入った。そしてそのまま妙にすっきりとした気分のまま、すとんと眠りに落ちた。

翌朝、日の出の時刻に目がさめた。決心にいささかの揺らぎもないことを知り、久しぶりに自分に自信が持てた気がした。顔を洗い、口をすすいで身を清めてから納屋へ向かうと、引き戸が少し開いていた。昨夜閉め忘れたのだと考えつつ中へ入ると、大きな犬が死んでいた。

犬に先を越されちまったなと、納屋の縄の下で老人は戸惑《とまど》った。それにしても、なぜ見たこともないようなこんな犬が、うちの納屋で――。

しばし考えてから、これだけ大きな犬なのだから火葬にしなければなるまいと判断した。最初は自分ひとりで土葬にでもして済ませて、それが終わったらすぐにも自死を決行しようと思っていたのだったが、動物を焼いてくれる施設があるといつか誰かに聞いたことを思いだし、よっちゃんに電話をかけてペット斎場の場所を教えてもらった。

それから先はあまり余計なことは考えないようにして、坦々と仕事をこなすように作業を進めた。自分にはやるべきことができた。だからやるべきことを最優先に済ませるべきだと思った。大きな段ボール箱を用意し、底が抜けないようにしてから犬の死骸を軽トラックの荷台にのせ、仙台市の西の外れから東の外れにある斎場へ向かって車を走らせた。

それが今朝のことだった。

とんだ予定変更だったと考えながら柱時計を見やると、針は午後二時四十分を指していた。老人は、あらためて納屋へ向かった。

これ以上引き延ばしてしまうと、決心が鈍《にぶ》る可能性があった。何がなんでも決行するという自分自身との約束を守れなくなってしまう危険性がある。それが何より怖かったから、いますぐやろうと決めた。

引き戸を開け、中へ入って戸を閉める。冴《さ》え冴《ざ》えとした空気に、身が引き締まる思いがしてきて、なぜか老人は縄に向かって手を合わせた。

目を開き、顔をあげた。

梁に縄を結《ゆ》わえ付けて、首をくくる用意をしていたときには何とも思わなかったくせに、いまはだらりと垂れ下がって、風に揺られているのか振り子のようにゆっくり左右に動いている縄が、ひどくまがまがしいものに見えた。太い栗の木を渡して造られた梁と、そこから垂直に下に伸びる縄が何かとても不吉なものに思えてきた。

靴《くつ》を脱ぎ、椅子の上に立つ。それからゆっくりとした動作で、縄の下端にある輪の中に自分の頭を通し、首に固定する。

その姿勢のままで、静かに潮《しお》が満ちてくるのを待った。おのれの命を絶とうとするとき、その瞬間を決めるのはおのれ自身だ。

そのとき、心の中に奇妙な感情が生じていることに気づいた。

ほんのわずかだが、迷いがあった。今朝この納屋まできてあの犬を見つけるまでは、そんなものはまったくなかったのだ。一日の中であまりにいろいろな出来事が起きてしまったために、気が萎えてしまったのだろうか。

死を恐れる感情というよりは、得体《えたい》の知れない不安に似た何かがあった。いま、ここで死んでしまって、本当にいいのだろうか？　やっておくべきことは、生きているうちに済ませておくべきことは本当にもうないのか？　そんな懐疑心《かいぎしん》が湧いてきた。人さまに迷惑をかけることだけは、とにかく避けたかった。人は誰でも死ぬが、死に方というものがある。立つ鳥跡を濁《にご》さずという通り、どうせこの世から消えるのであればすっきりと消えたかった。

老人は、そんな自分を叱咤《しった》するように言い聞かせた。おらはそれほど弱虫ではねえぞ。

まだ潮は満ちてはいない。だが自分の死を決めるのは、自分しかいないのだ。無理やりそう思い込もうとした。

老人は目を閉じ、なぜかいったん呼吸を止めてから、足元の椅子をゆっくりと蹴り倒した。

第二話　フォックスファイア

鶏《にわとり》が嚙《か》み殺されたのは、今朝方《けさがた》のことだった。

「くそっ！　鶏がやられた。二羽も」

頭から湯気《ゆげ》を出しそうな勢いで、玄関に戻ってくるなり健作《けんさく》が怒鳴《どな》った。庭で二羽鶏が——思わずそんなことを口走りそうになり、良子《よしこ》は慌てて言葉を吞《の》みこんだ。夫の性格からして、こんな状況でこんな冗談を笑い飛ばすわけもなく、その証拠にこめかみには青い血管がくっきりと浮かんでいた。もちろん良子にとっても笑い事ではなかった。

「地面に、血と鶏の毛が散らばってた。絶対あの犬のしわざだ」

健作は食卓に座るなり、そう吐き捨てた。といっても襲撃《しゅうげき》の場面を目撃したわけではないらしいのだが、家の裏手にある雑木林の奥で何度か犬の姿を見かけたと、前に話していたことがあった。

仙台市郊外にある雑木山を背にした広い敷地内で、白鳥《しらとり》家は鶏を飼っていた。ケージには入れず広い囲いの中で放し飼《はなが》いにしており、鶏が生んだ卵を販売している。といっても専門の養鶏《ようけい》農家ではないから、飼育数もまだ四十羽前後と多くはないが、どんな生き物でも飼えば愛着が湧いてくるものだ。

家畜《かちく》というのは不思議な存在で、飼っているうちにペットとの境界線がどんどん不明瞭になってくる。これは牛や豚を飼う農家でも同じらしく、手間暇とお金をかけて育ててから食肉として売るのが目的なのに、それでもやはりかわいいものだと皆が口を揃《そろ》える。

「野犬なんて、いまどき珍しいこと」

良子が朝食をお盆にのせて運んでいくと、健作はまだ腹立ちが収まらないようすである。

「たぶん夜中にでも、金網《かなあみ》を歯で食いちぎるかして鶏舎《けいしゃ》に入ったんだろう。とりあえず応急処置で穴はふさいでおいたが、今度の休みにでもちゃんと修理しないとだめだな。くそ、野良犬の野郎、今度見つけたら返り討ちにしてやる」

「物騒《ぶっそう》なこと言わないでくださいよ。犬だって生きていかなきゃいけないんだもの、何も食べないわけにはいかないんでしょう、きっと」

「おい、ふざけるなよ」ぎろりと睨《にら》みつけられる。「おまえ、いったいどっちの味方なんだ」

大声に首をすくめて、二階でまだ寝ている娘を起こしにいく。急がないと遅刻するよといつもと同じ台詞《せりふ》で声をかけると、ドアの向こうから、ふぁーいと寝ぼけた声が返ってきた。

早くしなさいともう一声かけて、階段を降りたところで良子は窓の外に目をやった。今朝は少し冷えたから、木々の葉が一段と色づいてきたようだ。町場のほうでは秋が深まってきたと表現する季節なのだろうが、少し標高が高いこの辺の山里では、一足早く冬がやってくる。山で暮らしていると、春は街から上ってくるし、冬は山から下りてくるものだと実感でわかるのだ。

いつものように慌ただしく朝食を終えると、会社勤めをしている健作と牧恵《まきえ》は車で出かけていった。義母のフサは八十歳を超えているが、まだまだかくしゃくとしたもので今日も畑仕事へ出ている。食器を洗い、簡単な掃除を終えてから、良子は一輪車に今朝の収穫を積んで家を出た。

仙台市の奥座敷とも呼ばれる秋保温泉の奥には、いくつかの集落があって、そんな中のひとつに白鳥家はあった。家からほど近いところを道路が通っており、さらに奥へ進んでいくと有名な滝があるために、周辺はちょっとした観光スポットとなっている。

季節によって変動はあるものの、四季を通じて切れ目なしに大型バスやドライブの車が通りすぎる場所だった。それをあてにして、道路沿いに露天販売の簡素な小屋を建てたのが、いまから四年ほど前のことである。地卵のほかにも旬《しゅん》の野菜、春の山菜や秋のきのこなど、ほとんどの季節を通じて何かしら売るものはある。特に春の山菜と秋のきのこは固定客がつくほどで、毎年その時季ともなれば、なじみ客が訪ねてくれるまでになっている。

百姓という呼び名が示しているように、山里の暮らしは何でも屋であることが求められる。田んぼや畑の土作りと同じで、手間暇をかけて、ようやく良子の露店での販売もここまできたとの自負があった。

鶏を飼ってみようと言い出したのは健作だった。安心できる食材が求められるご時世だし、どうせ大規模養鶏など無理なのだから、放し飼いで健康な卵を提供しようと決めたのも夫である。鶏舎はあるものの、日曜大工が好きな健作の手造りだから簡単なもので、決して頑丈な造りではない。

放し飼いといえば聞こえはいいが、当然利点や欠点がそれぞれあった。雄雌《おすめす》一緒だから有精卵を産むことが多いのも、利点のひとつだと良子は考えている。科学的に分析すれば、栄養価などの点でじつは大きな違いはないのだそうだが、それでもそのまま親鶏が温めればヒヨコが生まれる卵と、いくら温めても絶対に孵《かえ》らない卵とでは、やはり本質的に何かが違ってるはずだという気持ちがある。放し飼いにしている鶏の卵は殻《から》が固く、黄身を箸《はし》でつまんでも破れないというのも自慢のひとつだ。もちろんこれは飼い方だけの問題ではなくて、与える飼料を試行錯誤した成果でもあるわけだが、客からの評判は上々だった。仙台市内の飲食店数店に、毎日とれたての卵と野菜を届けるという販路拡大ができたのも、店にきてくれたお客さんが口コミで広めてくれたのがきっかけになった。

大根と白菜、雪菜、そして今朝とれた卵を値付けして露台に並べていく。野菜ももちろん安全性にこだわって作ったものばかりだ。まだ九時前でさすがに交通量は少なく、すっきりと晴れて風はほとんどなく、穏《おだ》やかな日和《ひより》である。石油ストーブは今日はつけなくてもいいなと思った。

午前中は良子が店に詰めて、売れ残りがある場合に限り、午後にフサが店番をするという役割分担になっていた。そろそろ露地野菜も収穫できる種類が少なくなってくる時季だし、今日は週末の金曜日だから午前中で売り切れるだろうと予想を立てた。

開店準備といっても簡単なものだ。竹で編《あ》んだかごに盛りつけ、値札を書いて付ければそれで終わりである。おかしなもので、こういう山あいにある露店というのはあまりりっぱな店構えをしているよりも、簡素なぐらいのほうがいい。見栄《みば》えが良すぎるよりは、素朴《そぼく》な造りで清潔感があるほうが、逆に食材に安心感を与えてくれるものらしいとわかった。

店の奥にある小部屋の椅子に腰かけて、持ってきた魔法瓶《まほうびん》からお茶を飲む。両手で湯飲みを抱えるようにしていると、今朝のことを思い出した。

鶏が殺されたのは初めてだった。

落葉樹の多いこの近辺には、猿《さる》もいれば熊《くま》もいる。最近では猪《いのしし》も増えてきた。一昔前まで猪の北限は宮城県南部だったというが、近年の積雪の減少で北限が北上していると聞いた。脚の短い猪は積雪が多いと移動が困難になるため、北限は積雪の平均量で決定するそうである。

放し飼いは鶏にストレスを与えないという意味ではいい方法だけれど、それだけにリスクも大きい。イタチやキツネ、空からやって来る猛禽《もうきん》類にやられるケースもあるというし、最近では鳥インフルエンザの問題もある。

ただ良子は根が鷹揚《おうよう》にできているのか、これは夫にはとても言えないことなのだけど、自分なりに考えていることもある。白鳥家が暮らしているエリアは、人と自然とが接する境界線上にある。

そしてこの周辺にいる生き物たちは、すべてが野生動物だ。そこに鶏などという飼育が前提とされる生き物がうろうろしていれば、自然の中で暮らす生き物たちにとって餌《えさ》と認識されることも、ある意味では致し方ないのではないか。自分たち家族も、自然からさまざまな恩恵を受けて生活しているのだ。

どんなに科学が進もうとも、どれほど農法に進歩があろうとも、米づくりの最初の一粒をゼロから生みだすことはできない。そうである以上、ある程度の分け前を取られるのはしょうがないのではないか。作並《さくなみ》にあるウヰスキー蒸溜所で聞いた話のように、ウイスキーを熟成させる際の天使の分け前と同じだ。

少なくとも今回野犬に鶏を殺されるまでは、ぼんやりとだけどそう考えていた。しかし今度のことをよくよく考えてみれば、犬は野生動物ではない。少なくともここ十年以上、この一帯で野良犬が出たという話は耳にしたことがないし、だとすれば山で生まれ育った犬ではないはずだ。

たぶんその犬を飼っていた人間が、何かの都合で捨てていったのだろうか。そう思うと複雑な心境になった。上手《うま》く言葉では表現できないけど、胸の中にもやもやした何かが溜まっていく。

動物好きなほうだと自分では思っているが、自分が飼っている鶏が野犬に襲われたとなれば、鶏に肩入れしてあたり前だと思うのだが、なぜか犬を憎む気にはあまりなれなかった。もっとも、犬が鶏を嚙み殺す場面でも目撃したのなら、また違うのかもしれないけど。

いつものように一日が終わると、夕方、勤めから帰ってきた健作が尋ねた。

「今日の売上げはどうだったんだ」

「まずまずね。白菜がちょっとだけ残ったけど、ほかの野菜は全部売れたから」

「そうか。保健所には、まだ電話してないな？」

「ああ、そういえばそうか。野犬も熊とか猿と一緒の扱いだから、保健所に連絡するんだったわね。すっかり忘れてた」

「いや、それでいい」

満足そうにうなずいてから物置にいると言って出ていった。物置は夫の工作部屋でもある。いつものように六時半に夕食にしようとしたが、健作が戻ってこないのでちょうど帰ってきた牧恵に呼びに行かせた。戻ってきた牧恵が急に笑い出したので、どうしたのかと尋ねてみた。

「いま忙しいから、先に食べてていいって」

「何がそんなにおかしいの」

「だってさあ、一生懸命になっておかしな道具を作りはじめたから、またＤＩＹ熱がぶり返したのかなと思って。これまでだってさんざん変なもの作ってたでしょう。だから今回はどんな珍品が見られるのかって、つい期待するじゃない？」

フサに声をかけ、女三人で食卓についた。

「変な道具って、どういうのだったの」

「なんていうんだっけ、トラなんとかって言ってたけど」

「トラばさみのことかい？」フサが言った。

「ああ、それそれ。なんだかすごいかめしくて、ごつい感じの」

「お父さん、罠《わな》まで自分で作るつもりなのかねえ」

「罠って、動物なんかを捕まえる罠のこと？　どうして」

寝坊して遅刻しそうになったため、慌てて出ていったので牧恵は知らないのだと思い出した。

「今朝ね、うちの鶏が殺されたらしいの。犯人は野良犬だって、お父さんが」

ひえぇー、と娘がおどけた声を出す。

「さすが田舎だけあるね。野良犬なんて、いまどきいるんだ。あたし初めて聞いた気がするけど、気のせいかなあ」

「気のせいじゃないと思うよ。だって私も野良犬なんて、しばらく記憶にないもの」

「三十年ぐらい前にはさ」フサが箸で沢庵漬《たくあんづけ》を持ったまま言った。「この辺りでもね、野良犬がけっこういたもんだよ。あれも徒党を組むようになると怖くてねえ。なにせほら、もとが狼だろう」

「その久々に登場した野良犬を、お父さんは捕獲《ほかく》する気満々なわけか。お父さんの技術じゃ、なんか無理そうな気もするなあ」

「ああそうか」そこで良子は、はたと思いあたった。「保健所に電話するなっていったのは、そういう意味だったのね。他人には頼まないで、あくまで自分で捕まえるつもりなんだ」

食事の後片づけをしているとき、健作は手をまっ黒にして帰ってきた。にやにやしているから、どうしたのと訊くと「とにかく飯」と言う。遅い夕食を食べはじめると、問わず語りでこんなことを話しだした。

「前からいっぺん試してみたい仕掛け罠があったんだ。なんでも昔、北海道で狼を捕まえるために使われてたものらしいんだが、いまはもうすっかり使う人も作る人もいなくなったそうでな。トラばさみを使うみたいなんだが、これがなかなか難しくて」

明日の朝食の下ごしらえをしながら、ふんふんと右から左へ聞き流す。どうも夫のようすを見ていると、家禽《かきん》が殺されたことへの怒りというよりも、罠で動物を捕まえるということに興味が湧いてきているのではないか。どちらにしても、これ以上鶏が殺されるのは嫌だから、中身はどうあれ犬が捕まえられればいいけどと、どこか他人事のように思った。そのときはまだ、捕まえた後のことまでは考えが及ばなかった。

†

犬は、一向に捕まる気配がなかった。

夫がＤＩＹ好きなのは結構なことで助かる場合もあるのだが、いかんせん丁寧《ていねい》さに欠ける仕事が多いという印象がある。段取りの段階が雑なのだ。最初の自慢の罠を一週間仕掛けて何も起きなかった時点で、夫は次なる一手を打つことにした。

鶏肉をミンチにしたものに毒を混ぜて食わせる。そんなことを言いだしたものだから、良子は即座に拒否した。いくらうちの鶏を殺した野犬でも、毒殺というのは生理的に受け付けないと理由を述べると、それなら知人のハンターに極秘で依頼して撃ってもらうというので、そちらも拒絶した。保健所に依頼する話は、小さな自尊心が許さないのか出そうとしない。

「だめだめばっかりで、いったいおまえはどうしろって言うんだ。こうして迷ってるうちにも、また第二、第三の被害者が出たらどうする」

「被害者って……鶏でしょ。刑事ドラマの見すぎじゃないの」

「殺されるのは鶏だが、うちの損失になるのは事実だろう。とにかく手塩にかけた鶏が嚙み殺された痕跡《こんせき》を見るのは、嫌なもんだぞ」

急にしんみりとそんなことを言うから、そうねと良子も同調した。確かに、できれば血や毛が散乱した、健作が言うところの、惨劇の舞台となった鶏舎は見たくないかもしれない。

「あれから犬の姿は見かけないんだが、あいつは相当ずる賢《がしこ》いやつだな」

「どうしてそう思うの」

「じつは二度、餌だけとられた」

「え、そうなんだ？　そんなこと話してくれなかったじゃない」

「そんな間抜けなことが話せるか。まるで俺の罠が見破られてるみたいじゃないか」

見破られてるからこそ罠には掛からず餌だけとっていってるんじゃないか、と思ったが口にはしない。

「相手が思いのほか賢いってことをまず知らなくちゃ、勝とうとしても勝てないんじゃない？」

「賢いんじゃない、ずる賢いんだ。間違えるな。それにいくらずる賢くたって、所詮《しょせん》は犬だ。人間の知恵にかなうはずがない」

犬を相手に、どうしても負けを認めたくないらしかった。

「でもこれ以上鶏が殺されるのもかわいそうだから、やっぱり保健所に頼んで捕まえてもらったほうがいいんじゃないのかな」

健作はしばらく黙って考えこんでいたが、やはり万策《ばんさく》尽きたと思っていたらしく
「それしかないか」と力なく言って、さらにこんな話をした。

自分が子どものころ、犬の餌といえばごった煮の雑炊《ぞうすい》みたいなものがほとんどだっ

た。魚のアラを煮て何度か脂《あぶら》を抜き、白菜や大根などの野菜を一緒に混ぜて食わせていた。脂を抜かないと目の病気になりやすいし、味の濃すぎるのも駄目。犬は骨が好物だが、鶏肉だけは骨が縦に裂《さ》けて喉《のど》に突き刺さるから絶対にやるなと、父親から釘《くぎ》を刺されたものだ。

「野良犬が鶏を襲って食べたら、好きな骨をよろこんで食うはずだろ。喉に骨が刺さったりしねえのかな」

そんなどうでもいいことで健作が悩んでいると、牧恵が帰ってきた。何を深刻な顔で話しているのかと言うので、ここまでの経緯を簡単に話しはじめると、健作はきまり悪そうに席を外した。

話を聞いていた牧恵は、意に反してこんなことを言った。

「保健所に頼むなんて、あたしは反対だな。絶対にやめてほしい」

「なに、どうしてあんたがこの問題に反対なんてするわけ」

「あたしたぶん、その野犬だっていう犬、この間見たよ」

「どこで？　いつのこと？」

良子に輪をかけて動物好きな娘は、先週の日曜日に裏の雑木林に散歩に出かけたのだという。健作が長年かけてこつこつと切り開いてきた小径があり、比較的坂の少ない場所を縫《ぬ》うように走っているので、くるりと円を描くように同じ場所へと戻ってこられる、ちょうど良い散策コースになっている。熊が出没する時季は注意が必要だが、野鳥を見るのが好きな牧恵はたまに歩いているらしかった。

「その犬を見てみたかったんだ。白くて大きな犬だってお父さんが言ってたから、どんな種類なんだろうって思ってね」

思わず絶句した。野良犬がうろついている山を歩くとは、女だてらに怖いもの知らずにもほどがある。

「危ないからやめなさいって」

「大丈夫。森の中で産まれて育った根っから野生の犬だったらまだしも、飼い犬だったはずなんだから、人を襲《おそ》うなんてあり得ないよ」

「飼い犬だったから、なおさらなんじゃない。生まれてからずっと餌は自動的に皿に盛られて出てくる暮らしをしてきたのに、いきなり山の中に放り出されたとしたら、野生の生き物を捕まえて食べるなんてできっこないわよ。現に、うちの鶏を襲ってるじゃないの」

「それは違うね。うちの鶏舎を襲ったのは、あの犬じゃなくてイタチだよ」

「どういうこと？」

「裏山を歩いてるときね、イタチを見かけたの。茶色くて細長いやつが、あたしの姿を見てぴゅーって逃げていった。イタチは夜行性だっていうけど、あのときは夕方近かったから、もしかしてまたうちの鶏を狙ってきたのかもしれないって思って、悔しかったから石を拾って威嚇《いかく》のために投げようとしたとき、こっちを見ている視線に気づいたの」

「それが、その犬だった？」

こくりとうなずく。真顔になっていた。必ずしも犬を助けたいための嘘というわけでもなさそうである。

「木の葉っぱもほとんど落ちてるから、この季節の雑木林は見通しが利くでしょう。二十メートル、いや十メートルぐらいかな、それぐらい離れたところに立ってこっちのほうを見てた。そのときあたし、どんなふうに感じたと思う？」

答えを期待していないとわかったので黙っていた。

「もしかしてこの犬、この山の神様じゃないかって思った。まっ白で凜々《りり》しくて、神々しいって言えばいいのかなあ、どんな言葉で表現すればいいのかよくわからないけど、すごく知的な目をしててさ。最初はフォックスファイアかと思ったぐらい」

「フォックスファイアってなに？」

「狐火《きつねび》のこと。藪《やぶ》の中に、ぼわって白い塊《かたまり》があって揺れてたから、昼間だけど勘違いしそうになったよ」

牧恵のその印象が的外れでなかったとしたら、健作が作った罠を軽々とすり抜けて餌だけ食べたのもうなずける。

「お母さんも知ってると思うけど、あたしも犬好きだからいろんな犬を見てきたけど、あんなのは初めてだな。威圧されるような、身が竦《すく》むような感じなのに、自分が襲われるっていうような怖さとは全然ちがうの」

そこに夫が戻ってきた。良子はどうすべきか迷ったが、意を決して告げた。

「ねえお父さん、牧恵が保健所に連絡するのはやめてほしいって言ってるんだけど」

「どうしてだ。またあいつにやられたらどうする」

「だから、あの犬じゃないんだって」

ここまでの話をかいつまんで娘が話すと、健作は「だめだめ」と首を横にふる。

「もう俺の手には負えないとわかったんだ。うちの鶏をこれ以上やつの餌にしないためには、保健所に依頼して捕まえてもらうしかない」

「お父さん？　お母さん？　いいかな？」

娘のこの言い方にどきりとした。子どものころから、思い込んだらてこでも動かないところがあって、自分が絶対に譲《ゆず》れない話をしようとするときになると、改まったように語尾《ごび》を上げるのだった。

「うちで飼ってる鶏の命と、あの白い犬の命と、どっちが大切だと思う？　農業としてとか商売としてとかじゃなくて、純粋に命の問題として」

「そりゃあ、鶏に決まってる」

「ほんとに？　どうしてそう思う？　なぜそんなことが言えるの？」

得意の質問攻めだった。幼い時分から生き物や自然の草花のことなど、身近にある森羅万象《しんらばんしょう》のなんでもかんでもに関して問いかけられて、困った経験が良子にも健作にもあった。

「鶏の命と、あの犬の命と、どっちが軽いとか重いとか、そんなのってあるの？　それは人間の側が勝手に決めていいことなの？　鶏のほうが大事で、野犬の命はどうでもいいのかな」

娘の言い分も、わからないではない。家畜の命と、野生の命とは等価なのか、それとも差があって当然なのか。その差の原因や理由はどこにあるのか。すごく根本的な疑問だけど、答えを出すのがひどく難しい問いでもあった。人間のエゴとか倫理とか、そういう根源的なところまで踏み込んでいきそうな話だった。

「甘い、甘いな。おまえはそんな理想論だけで、こんな山奥で暮らしていけると思ってるのか」

「理想論じゃないよ。命の重みっていう、根本的な問いかけをしてるだけ」

健作は、わかってないな、というように頭を振って見せた。父娘の論争を、ちょっとずるいけど見物させてもらおうと良子は思った。

「この間、こんな話を読んだんだけどな」健作はテーブルにあった沢庵漬をこりこりかじって間をとった。「ベトナムにジャワサイというサイがいる。いわゆる絶滅危惧種だ。このサイの角を砕いて粉末の薬にすると、いろんな病気が治ると信じられているそうだ。ガンに効くとも言われてるそうだが、まあそのあたりは眉唾《まゆつば》かもしれないがな。この薬が高く売れるもんだから、これを狙って密猟が絶えなくてもう絶滅も間近だと言われてる」

牧恵の顔には大きなはてなマークが付いていて、そしてそれは良子もまったく同感だった。

「もちろんその記事は、絶滅しそうなサイを救え、密猟者を厳しく罰しろという論調だった。まあそれが普通だろう。けど俺は、もし自分がその病気になった者の家族だったらと考えたよ。娘が不治の病に罹《かか》って、このまま何もしなければ死ぬと医者から宣告されたとしてだな」

「だから、何を縁起でもない話してるのよ」牧恵が抗議する。

「たとえばの話だ。その重い病がもしサイの角の薬で治ると知ったなら、それがたとえほんのわずかな可能性だとしても、俺は手に入れようとするだろう。いや、何がなんでも手に入れる。そしておまえに絶対に飲ませてやるつもりだ」

「だから……なんの話？」

自分ではじめた喩《たと》え話に目を潤《うる》ませる夫を見て、牧恵が呆《あき》れている。

「だから、命の重さと軽さの話だ。おまえが言うように、基本的には俺だって命に軽重はないと考えてるさ。だから鶏だって無意味に死なせたくはないし、それを殺した野良犬だって、殺してやりたいとまでは思わない」

おやおやと思った。犬を返り討ちにしてどうのと息巻いていたのは、ついこの間のことじゃないの。

「でもそれは一般論としての話だぞ。客観的、冷静に考えた場合は、ということだ。だがいま俺は当事者だからな。飼っていた鶏たちが嚙み殺されて、その怒りをやり場がないと言って鎮《しず》めることなんてできっこない。俺たちは人間なんだから、どうしたって自分たちにとっての利益と不利益を考えて、天秤《てんびん》にかけざるを得ない」

「お父さんが言おうとしてることは、なんとなくわかるよ。けどね、鶏を殺された仕返しに犬を捕まえて殺したりっていうのは、やっぱり納得できない。やられたらやり返すなんて考えがあるから、戦争はいつまでもなくならないんだと思う」

戦争とはまた大きく出たものだ。話は時間の経過とともに、混迷の度合いをよりいっそう深めていた。しかし少々無責任ではあるけど、はたで聞いているぶんには面白い。なかなか相手を説得できず、夫は苛立《いらだ》ちを隠さずにこう言った。

「だったら、おまえはどうすればいいと思ってるんだ。反対反対、命は大切ってだけじゃあ、国会の万年野党と一緒じゃないか。いま必要なのは具体的な案だ。すぐにも実行できる具体策を、いますぐに出せるんだろうな？」

父親としては起死回生、一発逆転のひと言と考えたのだろう。でも娘が微かに笑ったのを、母親は見逃さなかった。

「あるよ、もちろん」

「ほう。だったら聞かせてもらおうじゃないか」

「あの犬を捕まえて、うちで飼うんだよ」

予想もしていなかった娘の解答に、思わず父母は顔を見合わせた。娘はさらにこうもつづけた。

「鶏舎のすぐそばで飼って、イタチやキツネから鶏を守る番犬になってもらう。ね、いいアイディアだと思わない？　こういうの、一石二鳥って言うんじゃないかな」

明らかに、夫は答えに窮《きゅう》していた。良子は娘のそのアイディアが気に入った。ずいぶん久しぶりだけど、また犬を飼うのもいいかもしれない。ただ、問題点は残っているから、そこを衝《つ》いてみた。

「罠も通用しない、保健所にも頼らない。それでどうやって捕まえて、番犬にしようっていうの」

「手なずけるんだよ。人間どうしが友だちになるときみたいに、少しずつ少しずつ距離を詰めていく」

「誰がやるんだ、そんな七面倒くさいこと」

娘はにこりと笑うと、こぢんまりとまとまった自分の鼻を指さした。

「そんな、おまえが考えるように上手《うま》くなんていくか」

夫が捨て台詞を言うが、娘は娘でまったく引くようすはなかった。

「自信あるもん。この間しばらく見つめ合っていたとき、あの犬、尻尾《しっぽ》を振ってたんだよ。くるくるって丸まった、かわいい尻尾だったな。あれは犬がよろこんでる証拠だって昔教えてくれたの、お父さんじゃなかったっけ」

健作はセンブリを口いっぱいに詰めこまれたみたいな顔で、無言で台所から出ていった。娘の勝利だ。少なくとも現時点では。

鶏の被害という暗い話が発端だったけれども、牧恵の話を聞いてなんだかわくわくしてくる感じがしていた。牧恵を見ると、彼女はうれしそうに笑ってからひとり言のように呟いた。

「あの白い犬、秋田犬じゃないのかなあ」

†

牧恵の、野良犬と仲良くなる作戦は進展を見せていた。まだ直接触れるところまではいっていないらしいが、彼女が雑木林に入っていくと、二度に一度はどこからともなくその犬が姿を現わす。

行くときはいつも買ってきたドッグフードを持参していて、彼女の目の前で食べることはないものの、次に行くとなくなっているから食べているに違いないと断言する。いまのところ付かず離れずの良好な関係だと言うので、まるで彼氏の話みたいだねと良子は茶化《ちゃか》した。

「今日こそは、きっと触らせてくれるんじゃないかと思うんだ。なんか、そんな予感がする」

会社の休みである土日はもちろん、ここ数日は早起きしてまで、牧恵は裏の雑木林へ通っていた。

「犬が初めてあなたに触らせてくれたとして、それからどうするつもりなの」

「じつはさ、その後のことまではあまり深く考えてなかったんだよね。あのときはお父さんと口喧嘩《くちげんか》みたいになったから、勢いであんなこと言っちゃったけど。餌を道にまいて、ちょっとずつ家まで誘導してみようかな」

「ヘンゼルとグレーテルじゃないんだから。それに本当に賢い犬だったら、そんな手には引っかからないんじゃない」

「だったら、ほかにどういう方法があると思う？」

「いちばん簡単で間違いないのは、首輪とリードをつけて連れ帰ることだろうけど。でもそれだって、大人しくしてくれていればの話だしねえ」

あっ、と牧恵が叫ぶ。

「首輪、ついてたよ。確か赤色のやつ。白い犬だから、首の回りの赤色が目立つの。よし、早速《さっそく》リードを買ってきて持っていこうっと」

思い立ったが吉日《きちじつ》とばかり、牧恵はすぐに車で出かけていった。引き止める間もなかった。

健作が壊された鶏舎の穴を修理したついでに、弱そうな部分の金網も補強していたのが功を奏したのか、あれ以来今日までは鶏が襲われることはなかった。娘の言葉を信じれば、犯人はその野犬ではなくイタチということになるのだが、現場にいない良子としてはなんとも判断がつかなかった。いずれにしても、あの子が言うように友好的に捕まえることができて、番犬として飼えるのであればそれがもっとも平和で収まりの良い解決策に思えた。

動物好きだった牧恵が、犬や猫を飼おうとしなくなったのにはわけがあった。一人娘が生まれる前から、夫婦ともに生き物が好きでいろんなものを飼ってきた。犬をはじめ猫も文鳥《ぶんちょう》も兎《うさぎ》も、ハムスターがいたこともあった。

娘が生まれて少しした頃、健作は一匹の仔犬《こいぬ》をもらってきた。一緒に育ち、牧恵が七歳になって小学校に入学した年の夏、チョコという名のその犬が死んだ。それまで病院へ連れていくような病気に罹《かか》ったこともなく、原因ははっきりしなかったが、何かの病気だろうと思われた。

前日までともに庭を駆け回っていた犬が、なんの前ぶれもないまま翌日の朝に死んで、冷たく硬くなっていた。その事実が、幼かった娘に想像もできないほどの恐怖心を植えつけたらしかった。

もっともその事実に両親が気づいたのは、ずいぶんあとになってからのことだ。仲良しだった飼い犬の突然の死と同じような死が、飼い主の自分にもやってくるのではないか。こうして今日遊んでいる自分も、明日には死んでしまうのではないだろうか。

子どもらしいといえば子どもらしい心配ではあるが、確かにそういうことを考える年頃というのはある。以前のような快活さが消えた気はしていたものの、まさか小学生がそんなことを考えているとは思いもよらなかったから、良子も健作もさほど深くは考えなかった。

あるときフサと良子とで栗の皮むきをしているとき、ふと思いついたという調子でフサがこんなことを言った。

「この間、牧恵が話してくれたんだ。あの子は、犬の死と自分の死とを重ねているんだよ。もう少し大人になれば分別《ふんべつ》もついてくるだろうけんども、いましばらくの間は、犬は飼わないほうがいいかもしれないねえ」

以来、親子ともども動物好きであるにもかかわらず、どちらからもペットの話を持ち出すことなく現在まできた。だから今回のことも、捕獲《ほかく》されたのちに処分されることを考えると、娘としてはどうしても食い止めたかったのかもしれない。現在はむやみに殺処分などしないと聞くが、自分たちの家のすぐ裏で捕まった犬が万が一にもそうなる可能性があると考えると、確かにあまり寝覚めのよいものではない。

そんな昔の記憶を思い返していると、車のエンジン音が聞こえた。牧恵が帰ってきたようだ。小走りに駆けてきたのか、息を切らして玄関から入ってきたかと思う間もなく、こんなことを言う。

「ねえ、暇だったらお母さんも一緒に行ってみない。野良犬の捕獲大作戦」

「そうねえ。行ってみたい気もするけど、これからまだひと仕事あるから」

「わかった。それじゃ行ってくる」

ドッグフードと買ってきたばかりのリードをザックに入れて、牧恵は靴も脱がずにそのまま出ていった。これがきっかけになって、子どもの頃の辛い記憶を少しでも払《ふっ》拭《しょく》してくれるのならいいけどと考えつつ、台所で夕食の支度をはじめようとしたとき、ふたたび車の音がした。

地区の会合に出ていた健作が、戻ってくるなり言った。

「熊がうろついてるらしい。気をつけろよ」

「熊って、この近辺に？」

「ああ。二、三日前、佐藤《さとう》のばあさんが見かけたんだと」

佐藤のおばあさんは集落の外れに独りで暮らしているが、きのこを採りに近くの雑木林に入ったとき、木にのぼった熊がどんぐりの実をむさぼり食っているのを見たのだという。冬眠に備える秋に熊が里へ降りてくるのはさほど珍しいことではなく、姿を見かけたからといっていちいち害獣駆除しろと騒いだりはしない。出没がよほど頻《ひん》繁《ぱん》で、人家の敷地に入ってでもこない限り慣れたものである。

「それじゃ、うちでも生ゴミを出すときは気をつけないと……」

あっ、と思わず大声になった。健作がびくりとして振り向いた。

「驚かせるな。どうしたんだ」

「牧恵がちょっと前に、裏の山へ出かけたの」

いったん固まり、次の瞬間、健作は玄関から飛び出していた。良子もあとを追いかけて外へ出ると、納屋から鎌《かま》と熊鈴を持って出てきた健作が、小径を足早に山へ向かっていった。

「おまえは来なくていい。家でばあさんと待ってろ」

わかりましたと答えて引き返す。うちの敷地にある木で、熊の餌になりそうな実はなかったかなと、そんなことを心配しつつ家に戻った。


帰ってきたのは、二人と一匹だった。

例の野良犬が一緒だったから良子は驚いた。健作も牧恵も青ざめていて、同時にどこか興奮さめやらぬという面持ちだった。話の内容を聞いてさらにびっくりした。あのあと、本当に熊と遭遇《そうぐう》したというではないか。

「この犬がね、追い払ってくれたんだよ」

牧恵が言った。犬は、そう見えただけかもしれないが、どこかもじもじしたようすで庭の端っこをうろうろ歩いていた。良子が初めて見るその犬は、噂《うわさ》にたがわずりっぱな体格をしていた。

牧恵が秋田犬ではないかと言っていたが、確かにそんな感じだった。良子が子どもの頃には秋田犬がブームで、近所にも血統書付きの秋田犬を飼っている家が何軒かあって、暇なときなどよく散歩している途中に触らせてもらったのだけど、毛の色も姿形もかなり似ているように思えた。

「いやあ、たまげたな。今度ばっかりは、俺も駄目かもしれないと観念したよ」

健作は心底疲れたようにそう言うと、玄関の上がりかまちにへたりこむように腰をおろした。事の顚末《てんまつ》はこうだった。

急いで牧恵のあとを追いかけた健作は、五分ほど行ったところで、不意に三すくみの状況に出くわした。牧恵、熊、そして犬がいた。

熊は木の高いところに登っていた。ブナの実を食べているらしく、食べ終えた枝を自分の尻の下に敷き詰めるように置く、いわゆる熊棚《くまだな》に腰かけていた。熊は高い場所から牧恵を注視していて、彼女も逃げればよさそうなものだが、突然熊と出会ったことで腰が抜けそうになって足がすくみ、身動きできずにいた。

健作がその現場に到着したとき、犬は熊と牧恵の間に割って入るような位置どりだったという。大きな声でしきりに吠《ほ》え立てる白い犬のほうを、熊はときどきうるさそうに見ていた。

「変な言い方かもしれんが、熊は熊で、どうしたものかと困っている雰囲気でな。できればこの場から立ち去りたいんだが、と思案しているようにも俺には見えた。でも熊が動こうとするたんびに、あの犬が」健作は外の犬をあごで指した。「まるで主《あるじ》でも庇《かば》うみたいに、野太い声で吠えたてるもんだから、熊のほうも動くに動けない感じだったんだよ。ちょっと離れた場所からそんな光景を見てるうちに、場違いだとは思ったんだが、無性に笑いたくなってきてな。極端な恐怖と緊張状態に陥《おちい》ると笑いたくなるというが、あれ、本当だなあ」

「全身がね、こんなふうに」牧恵が割って入り、両手を肩口から上に向けてしきりに振った。「犬の毛がすっかり逆立ってた。すごい迫力だったよ」

白い犬は注意を自分に引きつけることで、人間を守ろうとしているように見えた。そのうちとうとう焦《じ》れてきたらしく、熊が突然、腰かけていた熊棚から地面に飛び降りた。五、六メートルもある高さから飛び降りたというのに、平然と走って森の奥へと消えた。

「びっくり仰天《ぎょうてん》とはあのことだな。飛び降りた瞬間、地響きが俺の足元まできたよ。しかし野生の生き物ってのは凄《すご》いもんだよな。あれが人間だったら、脚だの腰だの全身の骨を折って大けがするところだが、まったくなんてことなく普通に走っていきやがった」

話し終えて、張り詰めていた緊張が解けたらしく、健作はお茶を入れてくれと言った。そして台所へ行こうとした良子に、こうつけ加えた。

「母さん、あいつにも何かご褒美《ほうび》をやってくれないか。何かなかったかな、犬が好きそうなもんが」

「あ、あたしが持っていったドッグフードをあげようか」

「だめだだめだ、そんなやわな食いもんじゃ。あいつは熊と闘おうとしたんだぞ、もっと奮発して生肉でも食わせてやらないと」

はいはいと答えて冷蔵庫へ行き、今晩のおかずにしようと解凍してあった牛肉を皿にのせて外へ出た。ついこの間まで捕まえてやると息巻いていたのが嘘のように、健作は柔和な目で庭のほうをみた。

野良犬はさっきまでは落ち着かないようすだったが、いまは松の木の根本に悠然《ゆうぜん》と座っていた。確かに、惚れ惚《ほぼ》れするような佇《たたず》まいだった。ペットショップのショーケースに入っている犬たちとはまったく別ものの、独特の存在感がある。全身からにじみ出る野性味といえばいいのか、風格とでも表現したくなるいい面構えをしている。

「ほら、お食べ」

良子は肉の塊を手でほぐしてから犬の鼻先に置いた。秋田犬とおぼしきその犬は、何度かくんくんと匂いを確かめるようにしてから、おもむろに牙を剝《む》きだして食べはじめた。

「ありがとうね。うちの娘とお父さんを、助けてくれたんだって？」

しゃがんで何気なくそんなことを口にすると、犬は食べるのを一瞬止めてこちらの顔を不思議そうな目で見た。口許に肉片がこびりついて凄みがあるくせに、瞳は沢水のように澄み切っていた。

こんなときにいつも思うのは、動物と話ができたらどんなにいいかという子どもっぽい妄想である。良子は一目見て犬を気に入った。なんて賢そうな犬だろう、ほんとに牧恵の言うとおりだ。あの子もあれでいて、なかなか本質を見抜く目がある。

「きみは、ナイトになってくれたんだね」

「ナイトって、なに？」

いつの間にかうしろに牧恵が立っていた。

「騎士のことよ。ほら、『ベルサイユのばら』に出てくるような」

「その、ベルサイユのどうたらがわからないんだけど。でもまあ、とにかくあたしを守ってくれたのは事実だもんね。ほんと、ありがと」

彼女が脇腹を撫でてやると、犬は気持ちよさそうに目を閉じた。人間馴れしている感じがして、やはり誰かに飼われていた犬なのだと思った。

じつにすんなりとなんの抵抗もなく、その白い秋田犬は白鳥家の飼い犬になった。いちばん最初の頃の、罠を仕掛けるとか保健所に捕獲してもらうとかいう話とはまるで逆になってしまったわけだけれど、考えようによってはこれがもっとも幸福で落ち着きのよい結末なのかもしれなかった。

これが娘が望んだかたちでもある。ともあれ、犬の命も無駄に失わせずにすんだのだし、かえって娘と夫の身を危険から救ってもらったくらいなのだから、感謝してもしきれないほどだった。

卵と野菜を持っていって露店を開くという良子の日課に、犬が一緒についてくるようになった。散歩を兼ねて連れだしてみたのがはじまりだったが、犬もよろこんでいる感じがした。

犬の名前はまだ決まっていなかった。牧恵は自分が名付け親になると意気込んでいるが、気持ちが空回りしているのか、それとも命名を大げさに考えすぎているのか知らないが、もう少しもう少しと先延ばしになっている。

家族の中で一緒にいる時間が長いのはなんといっても良子で、名無しのままでは呼びかけるときに不便だったから、暫定《ざんてい》的でもいいから呼び名がほしいと考えていたとき、ふっと頭に浮かんだのが、なぜか十代の頃に好きだったアイドル御三家の名前だった。あるとき、試みに犬に向かって順番に呼びかけてみた。

すると、ヒデキよりもヒロミよりも、明らかにゴローのときだけ反応が良かった。じつは良子がいちばん好きだった歌手でもあったので、以来、犬と自分だけのときは勝手にゴローと呼ぶようになった。「ゴロー」と呼び捨てにすると、いまだにちょっと胸がときめく。

少し離れた分校に自転車通学している小学生たちが、ときどき店に立ち寄るようになった。それまでも毎朝良子のほうから気をつけてねと声掛けしていたのだが、露店の横に犬がいるのを見つけて、ある日ひとりの男の子が自転車から降りてきた。触っても大丈夫かと訊《き》かれたので、大丈夫だよと言いながら背中や腹を撫でて見せた。馴れないうちは嚙まれる可能性もなくはないから、口の近くに手をやらないようにと注意して触らせてやった。特別人なつこい犬というわけではないが、子どもたちが撫でてもゴローは嚙んだり嫌がることはなかった。よほど小さい頃の躾《しつけ》がよかったのだろう。

体が堂々として大きいから最初はこわごわ触れていた小学生たちも、一週間もしないうちにすっかり仲良くなってしまった。不思議だったのは、毎朝子どもたちが乗った自転車が姿を見せる前から、ゴローがうれしそうに尻尾を振ることだった。それでも最初のころは、体内時計のような生き物ならではの仕組みがあって、登校時刻がわかるのだろうと考えていたのだが、学校行事の都合などで休みの日には尻尾を振らないのである。

まるで子どもたちが通らないことを事前に察知しているかのようで、やはり動物には思いもよらない能力があるのかもしれないと思った。ゴローは鶏舎の番犬と店の看板犬を兼ねる、白鳥家に欠かせない存在になっていた。

†

ハウスは小さく露地野菜が中心の農家にとって、冬は売れる野菜の少ない季節だが、鶏たちは毎日律儀《りちぎ》に卵を産んでくれていた。家事をすませてからゴローと一緒に店へ行き、店を開いて奥の部屋の石油ストーブに火を入れて少ししたとき、その日初めてのお客さんがやってきた。

月に一、二度は顔を見せる初老の男性で、定年後に悠々自適の暮らしをしているような、余裕がある雰囲気の人だった。奥さんと一緒にきたこともある。

「家内がここの卵がいいって言うもんだから、また買いにきました」

停めた車から降りるとすぐに言い、せっかくきたのだからと六個入りのパックを二つと仙台白菜を二玉買ってくれた。

「いつもありがとうございます。そんなふうに言っていただくと、うちの鶏たちももっと張りきって産んでくれると思います」

「うちの家からは、少々遠いのが難点なんだけどね」男は笑って言う。「なにせわたしの大好物が卵かけご飯だから、一回ここの卵で食べちゃうと、もうスーパーでは買う気にならなくて」

ゴローが店先のほうに回ってきたのを見て言った。

「おや？　この店、犬なんていましたっけね」

犬好きらしく、相好《そうごう》を崩して外へ出るとゴローに近づいてあちこちを撫ではじめた。扱いぶりから慣れているようすがうかがえる。

「こりゃあ、よほど血統のしっかりした秋田犬ですね」

「ああ、やっぱり秋田犬ですか。そうじゃないかとは思ってたんだけど、いまいち確信がなくって」

「自分で飼ってるのに、種類がわからないとは珍《めずら》しいですな」

ほかに客がいなかったこともあって、ストーブにあたりながら我が家の飼い犬になるまでの経緯を話した。

「ずいぶんとまた、勇敢な犬だ。秋田犬はもともとが闘犬や、マタギの狩猟犬として使われていたそうだから、まあそれも当然かもしらんがねえ」

「へえ、そうなんですか。マタギの人たちが」

そう言われてあらためて見直してみると、すっくと伸びた頑丈そうな前脚や、どこか熊の子どもを思わせる顔だちなど、なるほどという気がしてきた。

「あれ？」

男が突然、撫でまわしていた手を止めた。犬の鼻のあたりをじっと見ている。

「ここに火傷《やけど》の痕があるなあ」

「火傷ですか？　うちにきてまだ二、三週間ぐらいだし、火を使うようなところにゴローを連れていったことはないと思うんだけど。あ、もしかしたらストーブに近づきすぎたとかでしょうか」

「いや、そうだったとすれば顔の毛まで一緒に燃えてるんじゃないかな。ケロイド状になっているところを見ると、液体か何かがかかってできたものかもしれない」

「ずいぶんお詳しいんですね」

観察力の鋭さに驚いてそう言うと、男は答えた。

「じつはわたし、医者なんです。何年か前に定年退職するまでは、仙台市内にある総合病院で勤務医をしてたものでね」

「お医者さまだったんですか。それはすごい」

何がすごいのかは自分でもわからないが、そんなことを言ってみる。男は今度は犬の口を開けて何かを点検するような仕草をした。

「虫歯はないようですね。舌にも口腔内にも異常はなさそうだ。奥さんの話では野良犬だったということですが、年齢の割にはずいぶんと身ぎれいな犬だ。外見もそうだけど、体の中身のほうもね。犬の場合全身が毛でおおわれていることもあって、病気などの異常所見を見つける上で口は大事でね。でもこの子は大丈夫、健康状態はきわめて良好のようです」

「お客さんも、犬を飼ったことがあるんですか」

「いまも飼ってます。小さな室内犬ですが、毎日の散歩はいつの間にかわたしの役目になってしまってますな」

聞きなれない犬種の名前だったから、良子は適当に相づちをうった。

「本当はわたしも、こういう大きな犬を飼いたかったんです。でも仙台の街中だし、さほど大きくもない家と庭だから、さすがに大型犬は難しい。こういう広々とした自然の中で飼うのには、まさに最適な犬種ですよ。それにしてもこの子、賢そうな目をしてます。よほど両親が優秀な家系だったのかなあ」

男の話しぶりが、なんだかまるで人間についての話に聞こえておかしかった。この人も本当に生き物が好きなのだ。

「名前は、なんというんですか」

「ゴローです。まだ正式な名前じゃなくて、私が勝手に呼んでるだけなんですけど」

「ゴローか」男は自分に言い聞かせるように復唱した。「なんだか名前まで、人間っぽい」

「人間っぽいですか。この犬が？」

男は真顔で微かに首をひねった。そしてしばらく考えてから話しはじめた。黒猫は二十年を超えると、霊感を持つと言われている。同じように白い犬も、三十年を超えると同じ力を持つようになる。そんな迷信とも俗信ともつかない話が、東北のある地方では昔から信じられているのだという。

「じつはわたしがその地方の出身でしてね。物心ついたころから犬や猫と一緒に暮らしていたこともあって、そんな話を祖父母や両親から聞かされて育ちました」

三つ子の魂百までというが、自分もこの年になってもまだ気持ちのどこかで本当にそうかもしれないと信じているところがある。つねに新しい知見や技術を学び、命というものを相手に何十年もそれを実践《じっせん》する医療の現場に身を置いてきたくせに、迷信をたんなる迷信と切って捨てられない心情もあるのです。

「この犬はもしかすると、三十年ぐらい生きているんじゃないだろうか」

「三十年？　だって犬って猫より寿命が短いですよね」

「種類によっても差が大きいので一概には言い切れませんが、一般的にはそう考えられていますね」

「犬はせいぜい十二、三年、長くて十七、八年ぐらいでしょうから、いくらなんでも三十年っていうのは」

男はなぜかむきになり、こんなことを言った。

「でもそんなことは、誰にも証明できないのではないでしょうか。一人の人間だけに、または一つの家族だけに飼われて一生を終えられれば、何年生きたというのはほぼわかります。でも中には何人もの飼い主の手を渡り、いくつもの家族を転々としてその一生を終える犬だっているはずです。数奇な運命とでも呼ぶべき生涯を過ごしたような犬が。生年がわかる証明書でも持って、その犬が手から手へと移っていかない限り正確な年齢はわからない。歯の状態とか口のまわりに白髪が増えるとか、そんなところからおおよその年齢を推測できるだけです。だからこの犬だって、本当は五十歳なのかもしれない。もしかすると百歳かもしれない。そうじゃないと誰が証明できますか?」男はそこで不意に破顔一笑すると、こうつづけた。「そうだったら面白いのになと、まあ、個人的にそんなことを思っているだけです。生き物の寿命、ことに長寿のメカニズムというのはまだわからないことだらけで、なかなか興味深い分野なんです。だって人間だってそうじゃないですか。たとえば南米にあるアマゾンの未開地に、まだ我々が知らない未発見の集落があって、そこに二百歳のおばあさんがごく普通に生きている。そんな大発見の可能性だって、完璧に否定することはできないんですから」

「さすがお医者さんですね。面白いことを考えますねえ」

良子は畑で草取りに精を出す、フサの後ろ姿を思い浮かべた。二百歳は無理としても、あんがい百五十歳ぐらいまでは行けるかもしれない。そんなことを考えていると、なんだか楽しくなってきた。

「犬という生き物は、本当に不思議です。どうしてこれほど人間に忠実なのか、なぜこんなに人間のことを好いてくれるのか。そして、いったい何を想っているのか。犬と直接会話でもできない限り、これは永遠の謎なのでしょうね」

帰り際に男はそんなことを言った。良子の胸に、妙にその言葉が残った。

年が明けて、正月をのんびり過ごせたのかどうかもわからないまま、春は静かに確実に近づいていた。せわしくてとりとめのない日常の中で、ゴローは白鳥家にすっかり溶け込んでいた。少なくとも白鳥家の人間たちはそう考えていた。

どこからともなくやってきた白い一匹の秋田犬が、いつしか家族の心を落ち着かせてくれる、重石《おもし》のような役目を果たしてくれるようになっていた。けれどそんな穏やかな日々は、長くはつづかなかった。

ある日、ゴローは忽然《こつぜん》と姿を消した。

これが人間だったならば、失踪とか蒸発とかいろいろな呼び方で表現するのだろうが、犬の場合はただの迷い犬となるだけのことだ。

ゴローがいなくなったのは三月九日だった。良子ははっきりとその日を記憶している。比較的大きな地震があったからだ。その日は朝から、ほとんど鳴き声をあげないゴローが、火がついたように吠え立てていた。

地震の直後、良子は家の中へ戻ると散乱した食器や本を片付け、ふたたび外へ出た。そのときすでに、いつもの場所にゴローの姿はなかった。犬が何をどうすればそれが可能なのかは見当もつかなかったが、犬小屋の脇にある太い杭《くい》に結び付けていたはずのロープが外れていた。犬が自分の口を使ってほどけるものではないはずなのに、切れるでもちぎれるでもなく、はずれていたのだった。

白く大きな秋田犬は、狐火のようにどこかから現われて、狐火のようにどこへともなく消えた。

いなくなったその日の晩、フサはぽつりとこんなことを言った。

「あの犬は、どこかに行きたがっていたんだよ」

「どうして、そう思うの？」

「わがんねえ。わがんねども、ともかくここではないどこかに行きたがってた。それだけはわかってたんだ」

「前の飼い主のところに戻りたかったのかしら」

フサは、さあ、と答えたきり口をつぐんでしまったから、良子は話の接《つ》ぎ穂《ほ》を失い、それ以上詮索《せんさく》するのはやめにした。そのうちふらりと帰ってくるかもしれないという期待もないではなかったが、どこかでそんなことはないとわかってもいた。毎朝露店まで行くのがちょっと淋《さび》しくなっただけでなく、胸の中のどこかに小さな虚《うろ》ができたような心持ちだった。

ゴローがなぜ消えたのか、どこへ行ったのか、家族の誰にもそれはわからなかったし、しばらくは深く考える余裕もなかった。直後に起きた大混乱で、それどころではなくなったからだった。

第三話　救世主

その貼り紙が目に留まったのは、心が弱っていたせいかもしれない。このところ嫌なことばかりがつづいて、気力がすっかり萎えかけていたところだった。

『里親《さとおや》急募！　・良く躾られたおとなしい犬です　・短期四～五ヵ月』

通勤途中の道沿いに動物病院があることは知っていた。ただ、これまで新城《しんじょう》正《ただし》にとってはまったく関わりのない場所だった。そもそもペットなど飼っていないし、彼がその前を通るのは深夜か早朝に限られていた上に、たまの休みといえば日がな一日寝てばかりいるのだから、動物病院と縁などあるわけもなかった。

けれどその日は奇跡的に早い帰宅時間で、まだ午後七時前だった。病院玄関のガラスに内側から貼られていた里親募集の紙が、目に飛び込んできた。運命のようなものを感じた。

大げさかもしれないが、犬や猫を飼う人がよく言うように、ペットショップで目が合ったことが買うきっかけになることだってあるわけだから、貼り紙に運命を感じる人間がいたっておかしくはない。犬を飼いたい気持ちは以前からあった。けれどずっと面倒を見つづけるというのは、面倒くさい。でも数ヵ月だけ、期間限定だったら飼ってみるのもいいかもしれない。

いや、ぜひ飼ってみたい。何かにすがりつきたいのだ。最近のこの不運の連鎖《れんさ》を止められるのなら、イワシの頭を信じたっていい。

『二瓶《にへい》動物病院』と書かれた入口横のプレートに、診療時間は午前九時から午後七時までと書かれていたので、反射的に腕時計を見た。六時五十三分、いまならぎりぎり間に合う。迷う暇もなく、ドアを開けて中へ入っていた。

受付の小窓の向こうにいた女性が会釈して、いらっしゃいませと言った。動物病院だというのにやはり人間が行く病院と同じ匂いが漂っていて、しかしその中にかすかに獣《けもの》臭さが混じっているのだった。

「そこの貼り紙を、見てきたんですけど」

「どの貼り紙でしょうか」

「里親急募っていう、これ」

正は内側からその紙を指さした。

「ああ、里親希望の方ですね」正がうなずくと、彼女はにっこりと微笑んだ。「犬を飼われたことはありますか」

「ええ、つい二年ばかり前まで」口から出任せを言った。

「これまで、中型犬や大型犬を飼った経験はございますか？」

「あります。ラブラドールを一度」

また嘘をついてしまう。犬を飼ったことがあるのは小学生のときだけで、それも空き地に捨てられていた仔犬を拾ってきただけだ。

「里親さんを募集しているのは秋田犬なんです。とても賢くておとなしい、性格の良い犬ですよ」

「どうして急募なんですか」

「飼い主の方が、ご高齢の方で当院のお客さまなんですけれども、ご病気で数ヵ月入院されることになったそうなので」

「独り暮らしの方なんだ」

「いえ、三世代同居の大家族だそうなんですけど、ほかにも何か飼えない事情がおありだとかで、仕方なく当院に相談されてきたというわけなんです。失礼ですけど、お住まいは一戸建てでしょうか。それとも集合住宅ですか？」

ぴんときた。秋田犬といえばけっこう大きな犬だから、狭いマンションでは飼うのが無理と判断されかねない。悪知恵の反射神経だけは昔から良いタイプだ。

「一戸建てです。庭もそれなりに広いので大丈夫だと思いますけど」

「そうですか」

彼女は手元にある書類を見ながら、何事かを考えているようすだった。胸の名札で佐藤《さとう》という名字だとわかった。眼鏡をかけた知的な印象の女性で、どちらかといえば好みだ。人は、自分にないものを求めがちだ。

その他にも朝晩の散歩は可能か、餌代をはじめとする費用は一部里親の持ち出しになるが大丈夫か等々、獣医師とおぼしき男性からもいくつか質問を受けた。その時点では何がなんでも飼いたいという心持ちになっていたから、その場しのぎで嘘に嘘を塗り重ねた。向こうも急募と書くほどだからよほど切羽詰まっていたのだろう、どうにか短期の里親として認められた。

こうして2DKの狭いマンションに、秋田犬がやってくることになった。

その秋田犬は、本当にでかかった。肩までの高さが七十センチほど、頭のてっぺんまでだと一メートルに近いのではないか。白い毛並みは艶《つや》やかで、全身からほとばしる雰囲気には妙な威圧感があり、けれどその一方で眼はつぶらでかわいらしかった。病院の裏手で初めて対面したとき、濁りのないこの瞳は昔飼っていたあの仔犬と同じだなと、正は思った。

子どもの頃に拾ってきたあの犬は、雑種の小型犬だった。そのせいかどうかは知らないが、あまり長生きしなかった。何より死なれたあのときの辛さが強烈な記憶として残っていたから、二度と犬は飼うまいと誓ったのだった。息を引き取る瞬間のことも鮮明に憶《おぼ》えていて、それを思い出すだけでいまだに胸の奥がちくりと疼《うず》く。

正が住むマンションは仙台市中心部にほど近い場所にあるが、築年数が定かではないほど古く、ペットを飼えるのかそれとも禁止されているのか、そもそもそのようなルール自体存在するのかさえあやふやだった。犬を連れて歩く住人の姿を近くで見たことがあるから、暗黙の了解というところなのだろうと勝手に解釈することにした。

動物病院には、広い庭があるからすぐに犬小屋を用意すると言っておいたものの、さて、この狭いマンションのどこに大型犬の居場所を用意すべきかと、早速頭を悩ませることになった。ネットで調べて、夜の十時まで開いている郊外の大型ペットショップがあると知り、車で出かけた。秋田犬が入れる犬小屋、しかもマンションで使えるものをと相談したとたん、店員の顔が思いきり曇《くも》った。

「マンションで秋田犬は、正直きついんじゃないでしょうか。犬の体が大きくなればなるほど狭い場所にいるストレスも大きくなりますし、おしっこやうんちの量もはんぱじゃないですから」

「そんなことはわかってるんだよ」

糞尿《ふんにょう》の量まで変わるという事実は、そのとき初めて知った。しかし虚勢を張らなければならない。

「とにかく、部屋飼いするために必要なものを教えてくれ」

店員に言われたものを、それぞれ値引き交渉をして購入してから家へ戻った。

犬は――ゴロー丸という名前だった――静かに待っていた。まだ新しい飼い主になれていないのか、玄関からダイニングへ入っても仮の居場所として用意してあったラグマットに寝そべっている。

「おい、おまえの家を買ってきてやったぞ。トイレもな。温水洗浄便座付きとはいかないけど、けっこうな値段だったんだから大切に使えよ」

自然にひとり言が口をついて出た。だが不思議なことに、独身生活者がひとり言をつぶやいているうら寂《さび》しさはなかった。まるでずっと以前からこうして一人と一匹で暮らしていたとでもいうように、ごく普通にしゃべっていた。

驚いたことにゴロー丸は、フローリングの上にトイレを置くと、すぐに近づいていっておしっこをした。

「まだ何も教えてないのによくわかるな。おまえ、本当に躾がいいんだな」

正が頭を撫でてやろうとすると、ゴロー丸は微妙に首をそらしてこちらの手を避けた。その仕草はまるで、下々の者が気安く自分の頭に触るとは無礼なり、とでも言っているように思えて少々むかついた。それほど悠然たる身のこなしだった。

「おまえは殿様か。いいか間違うなよ、この部屋での主人は俺だ。おまえはあくまで犬で、ペットだ。その関係を徐々にわからせてやるからな」

コンビニで買ってきた弁当をかっ込んでから、ドッグフードを皿に盛ってやった。主人が先で、犬はそのあとという順位付けをわからせようと考えた。値段は主人の弁当のほうが安いのだが。ゴロー丸は口もとによだれを溜めていたが、不平そうな顔も見せずにじっと待っていた。

夜の十時を過ぎていたが、せっかくだからと散歩に連れ出すことにした。院長が口を酸《す》っぱくして言っていたのが、犬の散歩についてだった。特に大きな犬種はすぐに運動不足になってしまうから、もし可能であれば朝晩二回連れ出すのがベストだとまで言われた。

夜が遅く早起きが苦手な自分に、朝の散歩など不可能とわかっていたが、必ずそうしますと言い切った。嘘をつきすぎて罪悪感があったのは事実だったが、犬を連れての散歩だけは心から楽しみにしていたのだ。

じつは動物病院で貼り紙を見たとき、最初に頭に浮かんだのがそれだった。少年時代の懐かしい思い出が蘇《よみがえ》ってきた。放課後に校庭で遊んでから、家に帰るとすぐに庭の犬小屋から仔犬を連れ出して、夕暮れの土手道を散歩したものだった。

自分もあの頃はまだ、これほど薄汚れてはいなかった。犬と同じように純真なはずだった。そんなことを考えていると、甘さと苦みが入り混じったような感情が湧き上がってくる。

いちおう人の目を気にして、非常階段を使って外へ出た。首輪もリードも入院予定の飼い主の物があったからそのまま使うことにした。定禅寺《じょうぜんじ》通りまで行ってみるつもりだった。片道十五分前後、往復で三十分も散歩すれば充分だろう。

舗道に光の輪を落とす街路灯を、一つずつ拾い集めるように歩いていく。大きな犬の散歩といえば、飼い主がリードをぐいぐい引っぱられて歩くイメージがあるが、ゴロー丸の場合そんなことはまるでなかった。

正の身体の左側に位置取り、つねに半歩ほど先を歩いてくれるからリードはずっと弛《ゆる》んだままである。こちらの速度、右へ曲がるか左へ行くかを、いつも犬のほうが注意してくれているのがわかる。だからリードは半円を描くように垂れているくせに、常に一定の距離を飼い主とは保っていて、リードを通して彼の感情が伝わってくるような感じすらした。

早春の夜はまだ少し肌寒さが残っていたものの、歩いているうちに身体が温まってきて、西公園まで足を延ばしてみようという気分になった。犬と一緒に散歩するのは気持ちがいい。犬を飼ってみるという選択は、正解だったかもしれないなと思った。

†

新城正が勤務しているのは、いわゆるブラック企業だった。もちろん社内でその単語を直接口にする者はいなかったが、自分たちの会社が世間一般でいうブラック企業として分類されるだろうという自覚は充分に持っていた。

業務そのものは違法行為なのだろうが、社員の心情としては、自分たちのやっていることは法律すれすれなのだと言い訳している。グレーゾーンの境界線上を行きつ戻りつしている商売なのだ、というように。みずからの生活の糧が完璧に黒だとは、誰しも認めたくはない。

仕事上の法令遵守《コンプライアンス》とはまるで無縁の、ひどい商売だと頭で理解してはいる。しかし正にしても、アルバイトを掛け持ちしながらずいぶん就職先を探したが、雇用してくれる会社はなかった。浮き草のような暮らしに少しでも根を生えさせるには、自分が生活していくためには、これは仕方のないことだと言い聞かせてきた。

非正規雇用ではなく、曲がりなりにもどうにか正社員として働くことができているのだから、変な言い方かもしれないが、自分を拾ってくれたことに対する恩義も感じている。だから入社してからは、がむしゃらに頑張った。最初の数年は、その甲斐《かい》もあってとんとん拍子《ひょうし》に出世した。

新城正という人間の適性が、このようなビジネスに向いているとはあまり考えたくなかったが、半年に一度のペースでの昇給や、四半期ごとに支給されるボーナス等々の待遇を、みずから捨て去るのは難しかった。

一生つづける仕事ではないし、定年まで過ごす会社ではないこともわかっているつもりだった。それでも、短期間の転職を繰り返してきたフリーター生活に比べれば、ノルマがいかにきつくても前向きにやろうという気力は湧いた。

ならば、どうして古いマンションに住んでいるのかといえば、自爆《じばく》のせいだった。自爆というのは隠語で、自社で扱う商品を自分や家族、親族等の名義で購入したり契約したりすることを指している。要は自腹で営業成績を上げようとするわけで、ノルマ至上主義の会社では以前からよくある手段だ。

正もまさにそうだった。毎月支払われる給与額はとりあえず高いものの、同時に、支払い分として天引きされる額も半端ではなかった。業績が上がらない時期にはこの手法に頼らざるを得ず、売上げに下駄をはかせることでしのいできた。

これは麻薬と同じで、いったん手を染めてしまえば抜け出すのが困難になってくる。しかもこのままずるずるつづけていったら、やがて致命的な痛手をこうむるという点まで似ていた。

無理強いをして買わせたせいで友人や知人を何人か失ったし、親戚から出入り禁止をくらったこともある。自分の業績を上げるためには手段を選ばなかった、と非難されても仕方のないことをしてきた。しかしそのような代償を払ってきたにもかかわらず、ノルマと連動して支払われる給与も賞与も、ここのところうなぎ下がりとでも呼びたくなる状況だった。

もうひとつ気がかりだったのが、山形県にある実家のことだった。正は長男だが、仙台の学校へ来てそのまま働きはじめたから、地元に残った弟が両親と同居していた。ところがその弟が勤めていた工場がおとし閉鎖されてしまい、無職の状態にある。折からの不況で新しい働き口も見つからず、借金がかさんできているらしかった。

無心されて何度かまとまった金を送ったものの、肝心の正の給料が右肩下がりのため、これ以上は無理だと断ったのが数ヵ月前のことである。最後に弟は、電話口で「あとはもう街金から借りるしかねえのかな」とぼそりと言った。その言葉が、悪性のしこりみたいにずっと耳に残っている。

悪い流れがきている。変えるには、このままじゃだめだ。そう思った。が、気ばかり焦って、具体的に何をどうすればいいのか見当もつかなかった。

狭い壺《つぼ》の中に自分から頭を突っ込んで、何も見えない、息苦しいと叫んでいることにそのときはまだ気づかなかった。そんな精神状態だったからこそ、あの貼り紙を見て、子どもの頃好きだった犬に発作《ほっさ》的に走ってしまったのかもしれなかった。

ところがその秋田犬を飼いはじめるとすぐに、変化の兆《きざ》しが現れた。

ゴロー丸が家にきた数日後、中途入社の社員が正の部下として配属された。このことが悪化の一途をたどっていた状況を一変させた。専務からは、このまま業績が上がらないような場合は依願退職しろと脅《おど》されていたのだが、新しい部下となったその女性社員が、出社初日に思いもかけず六件の成約を取ってきたことから、見る間に事態が好転しはじめた。

いったいどんな手品を使っているのかと思えてくるほど、彼女はその後も立てつづけに契約を取りまくってきた。不思議な女だった。正とほぼ同年代で、前職はキャビン・アテンダントと書かれていた。

航空会社がいかに大変だとしても、どこをどう流れてきたらこんな落ちぶれた会社まで漂着するというのか。とはいえ、履歴書《りれきしょ》に書かれている経歴に嘘が多いというのは別に彼女に限ったことではなく、正も含めて大方の社員がそうであり、だからとりわけて珍しいわけではなかった。彼女を採用したのはたんに美人だったからだと、あとで専務から聞いた。

葛西《かさい》みすずは、その日も二本の新規売買契約を取ってきた。彼女が入って二ヵ月ほどになるが、成約件数ではいつもトップを走っていた。入社した月にいきなり月間一位を獲得し、翌月に入ってもそのペースは衰《おとろ》えをみせなかった。

本人はもちろんのこと、管理する上司にも成約数に応じた歩合が入ってくるから、彼女のおかげで、正の給与支給額も大きく増えた。報告を受けながら椅子の背にもたれかかり、上司ぶって言った。

「それにしても君は、本当に優秀だな。この調子でいけば今月は、初の月間MVPが狙えるんじゃないか」

「そりゃあ狙ってますよ、もちろん。私的には、すでに年間ランキング一位も視野に入れてますんで」

年間ランキング一位には特別賞与五百万円と、そして副賞に一週間のハワイ旅行がつく。「行きてえなあ、ハワイ」がみすずの口癖だった。航空会社にいたのに行ったことがないのか、とは誰も突っこまない。しかも口調が、ばりばりの運動部系だ。

夜の九時を回っていたが、彼女をねぎらうつもりで声をかけた。

「MVP獲得の前祝いに、さくっといかないか？」

「ご馳走《ちそう》さんっす」

犬の散歩が頭のすみに引っかかってはいたが、一日ぐらいサボっても構わないだろうと思い、酒場へ繰り出した。これまでにも二度ほどさしで飲んだことはあるが、男の部下と飲んでいるような感覚だから気を使わずにすむのがいい。

チェーン店の居酒屋へ入り、食べ放題と飲み放題を二人分注文した。彼女は身体も大きいが、酒も強い。もちろん大量に食べる。目の前で見ているだけで胸のすくような食いっぷりである。

乾杯の発泡酒を半分ほどまで一気に飲み、おやじのように口もとの泡《あわ》を拭うとみすずは言った。

「新城さん。私本気で取りますからね、年間ランキングのトップ」

「頼むよ。俺自身だってまだ経験がないし、部下にだってこれまで誰一人取ったやつはいないんだ。一度でいいから、目の前で一等賞を取るところを見てみたいと思ってたんだ。まあ、自分で狙えないのが悔しいけどな。ところで他の社員たちも気にしてるみたいだし、俺も前から聞きたかったんだけど、あれほどの成績を残せる秘訣《ひけつ》はなんなんだい？　ぜひ教えていただきたいんですが」

冗談めかして尋ねてみると、彼女は口元まで運んだジョッキをいったんテーブルに戻してこう言った。

「耳を傾けるんです」

「耳を傾ける。何に？」

即座には意味が理解できず、正は訊き返した。

「お客さんの話を聞くんです。ただただ、相手の言葉に耳を傾けるんですよ。秘訣らしきものがあるとしたら、それぐらい」

「君が話すんじゃなくて？」

「営業の仕事は相手を説得することだって考えてる人が多いみたいですけど、私は聞くことこそがセールスの極意《ごくい》と信じてますから」

言葉通りなのか、それともその裏に別な意図が含まれているのか考えていると、気配を察して彼女がこんなことを言う。

「トップを取ったらすぐに辞《や》めてやるんだ、あんなくそ会社」

唐突なその発言に、正は相手の顔をまじまじと見た。真顔だった。品の良さそうな面立ちと、汚い言葉づかいのギャップが彼女の魅力ではあるが、入ったばかりの会社なのにもう退職の意志を口にしたことに驚いていた。しかも、直属の上司相手に。

「ある程度金を貯めたら辞めるつもりなのか」

彼女は、ふっ、と小馬鹿にしたように笑う。

「年間トップを取るためには、最低一年はいないとだめだけど、もつかなあというのが目下《もっか》の心配事ですよ。だって新城さんだって、一生あの会社にご奉公するつもりじゃないでしょう。え？　まさか年功序列で五十代になったら社長になれる、とか考えてないすよね」

「さすがにそんなことは考えてないけど、でも君がもう辞めるつもりでいるとは気がつかなかった。上司として迂闊《うかつ》だったな」

「引き止めてくれないんですか？」

「辞めないでくれ。お願いだ」

「なんすか、その棒読みの台詞」

顔を見合わせて笑った。

「俺は辞めないよ。少なくともまだしばらくの間はな。バイトからバイトへ渡り歩くような不安定な生活はもうまっぴらなんだ。だからどんなに極悪非道であこぎな商売をしてる会社だとしても、いまの状態がつづく限りしがみついてやるつもりさ」

みすずはその件についてはコメントせず、月間ＭＶＰから年間トップセールスに至る青写真として、大口契約に結びつきそうなあてについて語りだした。

彼女は普段から私生活についてはほとんど話そうとしなかった。独身であるのは確からしいが、それ以外の情報はほぼゼロで、しかしそれで仕事上不都合《ふつごう》があるわけでもなかった。会社にとっても正にとっても、売上げを上げて儲《もう》けさせてくれる人間、ようはそれだけでよかった。

会社の求人募集にはつねに「二十代、三十代が活躍中　未経験者大歓迎　明るく元気な職場です！」と、定型文言のように入っている。しかも年がら年中社員を募集している。簡潔にまとめれば、社員は使い捨ての部品と一緒と考えているから極端に定着率が低く、上にいる一部の管理職を除けば、下部組織の人員は常に流動しているといってもいい状況なのである。

ひょんなことから正が犬の里親になった話をしたとたん、みすずは急に目を輝かせて言った。

「えー、新城さんも飼ってるんだ、犬」

「も、ってことは、葛西もか？」

「うちは猫でしたけど、半年前に死んじゃって」

「あー、わかるな。いまはペットロスって言葉があるけど、ほんとそうだよ」

「私のこと、ようやく名字で呼んでくれましたね」

首をひねっていると、ジョッキを飲み干して言う。

「いつも新城さんは私のことを、君って呼んでるでしょう。なんだか無理してるなあって思ってたから、うれしいっすよ」

「無理してる？　俺が？」

「なんていうか、ほら、上司ぶろうとしてるって言えばいいのか」慌てて手を振って言い訳する。「あ、別にばかにしてるわけじゃないですよ。そうじゃなくて、新城さんも無理して仕事してるんだなあって最初の頃から思ってたから、つい本音《ほんね》が」

確かに無理をしている。表面的には現状に満足しているふうを装《よそお》っているが、内心では相当無理をしてきたし、いまではその無理が埃《ほこり》のように積み重なってきて息苦しくなっているほどだ。みすずが話を戻す。

「ところで、犬の種類は何ですか」

「秋田犬」

「秋田犬、いいなあ。あれ、すごく大きい犬じゃないすか。もしかして新城さんの家って、一戸建てとかですか」

「いや、マンションだよ。ペット禁止かどうかいまだにわからないまま飼ってる」

「うちのマンションなんてもろペット禁止だけど、隠れて飼ってる人なんか何人もいますよ。犬も猫も」

そこからしばらく犬と猫の話で盛りあがった。みすずは猫を飼ってはいたが、本当は犬を飼いたかったのだと言った。やはり子どもの頃に実家で犬を飼っていて、それが忘れられないという。だからいつか庭付きの広い家で犬を飼ってやるためにも、仕事でがしがし稼がないと、一家の大黒柱のようなことを言う。初めて彼女が自分の過去のことに触れたので、意外に思った。

なぜ里親になったのかと訊かれたから、飼おうと考えていたわけではなくて動物病院の貼り紙を見てその場で決めたと答えると、彼女は呆れた。

「なんか、すげえ適当な理由ですね」

「ところがあの犬がうちに来て以来、それまで不運つづきだったのがいい流れになりつつある気がする」

「いい流れっていうと、たとえば？」

まずは君が部下になって稼いでくれていることだ、とはとても言えなかったから
「いろいろ」とごまかしておく。

「それまでは飼おうと思わなかったんですか」

「そういえば、考えたこともなかったな。ペットなんて考える余裕もなかったし。それになんていうか、いくら動物だとしても最後まで面倒みるってのは、俺にとっては重すぎるのかな」

「重すぎる」彼女はその単語を噛みしめるように復唱した。「生き物の命が、ってことですか」

あらためて尋ねられると、自分の気持ちを巧《うま》く表す言葉が見あたらないことに気づいた。

「ましてや妻なんてのは、とてもじゃないけど持つ気にならないね。家に帰ると灯《あか》りがついてて女が待ってるなんて、想像するだけでぞっとする」

「犬と妻を並列で語るって、まずくないですか」そう言いながら笑っている。「けど

新城さんって、やっぱちょっと変わってるわ。前からうすうす感じちゃいたけど。妻はだめだけど、犬が待っててくれるのはいいんですね？」

「それはいいんだ。特に、何も話しかけてこないところがいい。でもさ、飼いはじめてしばらくたつけど、最近は帰ると嫁さんが待っててくれてるような、そんな錯覚《さっかく》に陥《おちい》ることもあるね」

「嫁さんですか。犬が？　うちはさすがに猫が待ってても、旦那がいるような気分にはならなかったもんなあ。やっぱり、大きい犬と小さい猫との違いなんですかね」

ペット談義に花を咲かせて、くつろいだ気分で時間を過ごした。だから珍しく帰宅するまで、携帯電話に伝言が入っているのに気づかなかった。山形の弟からだったから、ほろ酔い気分で電話をかけ直すと、受話器の向こうから久々に明るい声が聞こえてきた。

「兄貴、おれ、就職決まったよ」

「本当か？」

思わず大声がでた。よかったな。借金返すために目一杯働くよ。頑張れよ。そんな言葉を交わして電話を切る。はあーっと大きく息を吐き出した。

じつは、実家に送金すべきかどうか迷っていた。弟がやばい闇金《やみきん》に手を出して手遅れになる前に、虎の子の定期預金を解約するか、と考えていたのだ。この調子でいけば給料も以前の水準に戻りそうだったから、また少し余裕ができるはずだった。自力ではなく、部下のみずに頼る他力本願のようで気が引けるが、実家が最悪の事態に陥る前に手を打っておくべきではないかと真剣に考えていた。

　これでまた、懸念《けねん》がひとつ減った。腹が減ってじっとこちらを見つめているゴロー丸に近づき、全身を撫でまわしてから餌と水をやる。

「お前、本当に俺の救世主かもな」

　本心だった。俄然《がぜん》、やる気も湧いてきた。当のゴロー丸が黙々と餌を食べている姿を眺めて、人間とはつくづく現金な生き物だなと思った。


　翌日会社へ出るとすぐに、専務の馬場《ばば》から呼び出された。部屋へ向かいながらあれこれ考える。いつもであれば叱責《しっせき》の理由が事前に想定できるのだが、ここのところ自分も部下も、へまをしでかしていないから心当たりがない。

「やべえことになりそうだぞ」

　部屋へ入ると、ソファにふんぞり返った馬場が言った。外見をシンプルに表現すれば、巨漢のデブである。初対面の人間はこの見かけから鷹揚《おうよう》で懐《ふところ》が深そうな人物と勘違いするが、実際には正反対の性格で、細かくて粘着質の厭《いや》な男だった。

「どういうことでしょうか」

「葛西だよ葛西。あのねえちゃん、いったい何考えてんだ。販売成績を上げたい気持ちはわかるけどな、ああいうタイプの人間にうちの商品を売り込んじゃだめなんだよ。当社の商品は品質的には真っ当なんだが、本質的な部分では若干後ろめたいところがあるからな。一発大口を当てようとするときほど、客はよくよく見極めてから売らなきゃよ。そうだろう？」

「葛西の仕事で、何かクレームでも？」

「クレームというよりは、トラブルと呼ぶほうが近い。いまのところはまだたんなるクレームだが、悪い予感がする」

馬場の話では、昨夜遅くに会社へ電話が入った。意味のわからないことを一方的にしゃべっていたが、どうやら商品を買った客らしいとわかった。担当者の葛西を出してくれと言われたが彼女が不在だったため、こちらから連絡すると告げると、また嘘をついて逃げるつもりだろうと疑心暗鬼の体《てい》だった。

場合によっては出るところに出るつもりだと言われた時点で、まずいと判断した社員が馬場に電話を回してきた。顧客とのトラブルが日常茶飯事であるこの会社で、馬場は長くクレーム処理を得意としてきて、その客あしらいの腕を買われて専務にまでなった男として知られていた。

「うちの商品を買ってクレームをつけてくる客は、はっきり言って人間のくずだ」これが馬場の口癖《くちぐせ》だ。「くずほど追い詰められると何をするかわからねえ。だからこそ、対応には細心の注意を払う必要がある。だよな？」

「気をつけていたつもりだったんですが。それで具体的には、どんな内容だったんでしょうか」

「品質に偽《いつわ》りあり、というんだ。偽りも何も、うちの商品は正々堂々のパチもんなんだから、最初から嘘っぱちに決まってるだろう。ホームページでもきちんと謳《うた》っているわけだから、買ってから文句をつけてくるなんざ、こっちから言わせりゃ言語道断、噴飯《ふんぱん》ものなんだが」

正が勤務する会社が扱っているのは、いわゆる偽ブランド商品である。ウェブサイトを見た客がネットから注文してくる通信販売がメインだが、フィールド・ウーマンと呼ばれる人員もいて飛び込み販売もやっている。

会社の通販サイトには、正々堂々とコピー商品である旨の断り書きがしてある。ひと頃であれば、この手の情報は虫眼鏡でも使わなければ読めないような極小の文字で書かれていたりしたものだが、時代は変わった。

馬場も言うように、サイトのトップページには堂々と「スーパーコピー品」であると明示されているのである。一例を挙げれば、百三十万円前後の定価で販売されているエルメスのバーキンが、スーパー激安特価二万六千円。一昔前のコピー商品との違いは、作りがしっかりしているところにある。

偽物とはいえ長年作りつづけていれば、ある種の職人技が身についてくるのも理の当然で、そういう部分も含めてちゃっかりと、しかし正直に買い手に向かって伝えてある。

曰《いわ》く、神の手を持つ偽造職人による「丹精《たんせい》込めた手造り」で、正規代理店社員にも見分けがつかないほどの「高いクオリティ」を備え、決して手を抜かず「細部まで精確に表現」した逸品――それがスーパーコピー品である。

本物であることを謳い文句にすれば、ばれたときに問題が生じるのはあたり前のことだ。最初から優れた模造品であると告白していれば、売り手と買い手との間には共犯関係が成立する。いくらデフレのご時世といったって、百万円が二万円になる道理があるわけねえんだから。それが専務の哲学だった。

とはいえ、それはあくまでも売る側の論理であって、お天道《てんと》様《さま》に顔を向けられるたぐいの会社ではない。もっとも恐れているのが本家本元のメーカーから商標権や著作権で損害賠償請求を申し立てられることだから、販売サイトのネーミングからデザイン、ＵＲＬに至るまで頻繁に変更し、足がつかないようにと細心の注意を払っているわけである。

みすずはフィールド・ウーマンという職名で採用されたが、ようは飛び込みの訪問販売営業だった。扱っている商品が商品だけに、一般家庭で売れることはめったになく、ならばどんなところをターゲットにするのか。それを開拓することまで含めての採用だった。

彼女は独自の顧客層に目をつけた。一般企業、それも中小や零細《れいさい》企業をこまめに訪ねたのである。小さくても経営が安定している会社というのは探せばあるもので、そういうところの社長に当たったのだ。四半期や半期、年度毎に褒賞《ほうしょう》制度を設けている会社に、褒賞金の代わりにブランド品を与えてはどうかと持ちかけた。

ことにオーナー社長などの場合はなぜかブランド品愛好者が多く、かといって数十万円から百万円もする本物を社員に与えるのはもったいない、だから本物と見分けがつかないスーパーコピーを贈れば経費節減にもなります。そう提案したわけである。せこいと言えばこれほどせこい話もないのだが、事前にリサーチして好みのブランド、バッグか時計か等々を探っておくと非常によろこばれたという。

同様に夜の商売、キャバクラ嬢やホステスなどにも重宝されているらしかった。もともと目が肥えているものの、この不況下で経済的にも厳しくなってきた女たちが、客の目を欺《あざむ》く小道具として手に入れるケースが増えているという。

そんなわけでみすずが相手にしているのは、初めから偽物と諒承《りょうしょう》して購入している顧客ばかりのはずだった。なのにクレームがつくとはどういうことか。

「それがな、贈った社員がブランド品の目利《めき》きだったそうで、偽物だと気づいてえらい大騒ぎになったらしいんだ。それで困った社長が、葛西に文句を言ってきたってわけだ」

「つまり、社員を首尾よく騙《だま》せなかったんだから、売った方が責任をとれと？」

「要約すると、まあそういうことになるんだろう。その社員も、プラシーボと思ってありがたくいただいてりゃよかったのによ」

「なんですか、そのプラシーボって」

「偽の薬を飲んでもちゃんと病気が治ることを、プラシーボという。このバッグはグッチだエルメスだと思い込んでりゃあ、それはその人の中では本物と同じになる。偽薬効果ならぬ、偽鞄効果だな」

さすが馬場だと感服した。意味がわからなすぎて逆に文句のつけようがないという、きわめて独自の哲学である。

「売りつけた社長本人からのクレームというんだったら対処のしようもありますけど、贈った社員に騒がれて慌てふためいて、ほとんど言いがかりのような感じでうちに文句をつけてきてるわけですよね。困ったな」

「ばか、困りましたじゃ困るんだよ。葛西の監督責任者は、新城、お前だろうが」

「すみません」

げんなりした。世のため人のためになるとは夢にも思ったことなどないが、非難されることはあっても感謝されることのないこの仕事には、べったりとまとわりついて離れない徒労感がある。そんなこちらの気も知らず、馬場は持論を展開し始めた。

「うちの仕事は、他人様を騙して金を巻き上げようという種類の商売じゃない。はなから偽物ですと断って、それをよしとする客にのみ販売してるんだから、もっと胸を張っていいんだ。たとえば、名画といわれるような絵だって同じようなもんだろう。誰も彼もが、ピカソのゲルニカの本物を原寸大で飾れるわけじゃない。だから小さいサイズでカレンダーになった絵を、便所の壁に掛けることができるわけだ」

論旨《ろんし》が途中で劇的にすり替わっていたが、もう慣れっこだったので内容はスルーしたまま、正は再度尋ねてみる。

「それで、どんな対応をとればいいでしょう」

「ばか野郎、それはお前が考えるこったろうが」馬場はふんぞり返りすぎて、ほぼ仰《あお》向《む》けで寝ているような状態だ。「おれはもう現場を離れた人間だ、いまさらそんなこまごまとしたことに頭を使う余裕も時間もない。とにかく面倒だけは起こすな。それからくれぐれも、金は使うなよ」

わかりましたと、とりあえず威勢よく答えてから部屋を出た。すべてに体育会的な上意下達《じょういかたつ》方式のため、納得できようができまいがとにかく挨拶《あいさつ》と返事には元気を求められるのである。

　デスクに戻りながら考える。誠意ある一般企業であれば、こちらから相手に連絡するところだが、この会社はもちろんそんなことはしない。向こうから電話がくるのを待って、のらりくらりとかわしつつ、相手がしびれを切らして諦《あきら》めるのを待つ。それが常套《じょうとう》手段だった。

　ただ今回は、あの馬場がわざわざ呼び出して注意するほどなのだから、通常のクレームとは何かが違うのかもしれないという思いがちらと頭をかすめはしたが、他の通常業務で忙しかったのと、できればいま来つつある良い流れを壊したくない心理が働いて、放りっぱなしにしてしまった。

　それが大変な事態を引き起こすという認識は、そのときはまるでなかった。

†

「新城さん、SOSです」

　みすずが、めずらしく緊張した声で机の前に立ったのは、馬場の呼び出しから一週間ほど経った日の朝だった。正がパソコンから顔を上げると、みすずの顔は青ざめていた。

「ちょっとやばいことになってるんです」

気配を察し、パーティションで仕切られた応接室へ入る。

「どうした」

「飛び込みで売ったお客さんからのクレームなんですけど、面倒なことになっててどうしたらいいのか……」

「相手は誰なんだ」

「不動産会社のオーナー社長なんですけど、会社といっても従業員五人ほどの零細企業で。いわゆるワンマン経営みたいです」

「何個売りつけた？」

「そのお客さんに買ってもらったのは一個だけです。でも本当に本物と区別がつかないと言って気に入ってくれて、他の会社のオーナーさんも何人か紹介してもらいましたから、トータルではけっこうな数をさばかせてもらってます」

聞けば、どうやら例の馬場が注意しろと言っていた客のことらしかった。同時にみすずと飲んだときの、大口の客をつかまえられそうだという話も思いだした。

やはりその会社も社内褒賞制度を設けていて、不動産でも特に賃貸を扱うことの多い会社にとっては、進入学や入社、人事異動などで人が動く春はかき入れ時になる。そんな繁忙期が一段落した頃合いを見て、社員の士気を高める目的から契約数毎のマージンとは別に、トップの営業成績を残した社員にブランド品を贈ってきたのだという。

しかし長引く不況、そして契約手数料の低額化競争が激しさを増している中、中小の不動産屋にとってはけっして楽な時代ではない。そこでみすずから話を聞いた社長は、経費削減のためにそのせこい提案を呑むことにした。事前に社員から希望を聞き出しておき、その商品を贈った。もちろんスーパーコピー品であることは隠したまま、偽物と見分けられる人はいないというみすずの言葉を信じて——。

「その褒賞された社員が女性で、じつはブランド品のものすごい目利きだったらしいんです」

「その目利きの社員が、偽物と見破ったわけか」

「そうみたいです。しかも間が悪いというかなんというか、その女性社員が社長の愛人だったらしくて」

正は組んだ両手で後頭部を支え、白い天井を見あげた。よりによってそんな面倒な相手に売り込むなよ、という言葉は言えなかった。みすずが新規開拓したマーケットは、会社側が見込んでいた予測を超える販売実績を上げており、彼女の評価はそのまま正の営業成績にも反映されていた。すでに彼女とは一蓮托生《いちれんたくしょう》も同然だ。

「それで、その社長はどうしろと言ってる」

「何度か会って話したんですが、社長自身が怒ってるわけじゃないようなんですよ。初めからわかって買ってくれてるんで、あたり前といえばあたり前なんですけど。私の感触では、問題はその女性社員で」

「偽もんだって、ぎゃーぎゃー騒いでるわけか」

「その程度だったらかわいいんですけど、その女性社員は正規代理店からバッグを何度か買ってるらしくて、うちの商品をその店に持っていって本社を通じて告訴させるべきだって、強硬に言い張ってるそうなんです」

心臓が跳ね上がりそうになる。正が、というより会社そのものがもっとも恐れている事態ではないか。

「返金だ。それしかない」

即座にそう告げた。馬場は金を使うなと念を押していたが、そんな悠長なことを言っている状況ではない。

「それが、無理なんです」

「どうしてだ。うちの会社は原則、返品返金不可だが、法的措置をとられそうなときだけは例外的に……」

「その女性が、絶対に許せないと言ってるらしいんです。自分が愛するブランドを、こんなふうに弄《もてあそ》ぶなんて許せない。これはもうお金の問題じゃない。ブランドに対する冒瀆《ぼうとく》であり、ブランドの歴史に泥を塗る行為だって」

「ったく、うるせえ女だな」

その女が言うことには、もちろん一理ある。気分的にも立場的にも賛同したくはないが、道理が向こうにあるのは間違いない。けれども、それで飯を食っている人間もいて、成り立っている会社だってあるのだ。そこまで目の敵にされなければ、そこまで憎まれなければならない存在だろうか。だったら、アジアの某コピー天国の国などは、その女性の天敵ではないか。

そんなことを言ってもはじまらないことは重々承知しつつも、頭の中で愚痴《ぐち》った。自腹を切ってでも、これ以上火の手が上がらないうちにもみ消すべきだと思った。せいぜい二万円のバッグ一個ですむ話だったなら、こんな厄介を抱えこむ必要もなかったのだが、販売網が紹介で芋《いも》づる式にじわじわと広がっている事実が、早めに事態を収束させてしまいたい気分に駆りたてた。

対応に苦慮している部下を見捨ててしまうわけにもいかず、正を交えた三者会談が開かれることとなった。

「こんな席を設けておいてあれなんだけど、すでに問題はコピー品云々という話じゃなくなってるんだよね」

低価格で有名なコーヒーチェーン店の窓際で、佐々岡《ささおか》と名乗るその男は溜息交じりに言った。いかにも零細不動産業のオーナー社長らしく、首やら手首やら身体のあちこちで金色のアクセサリーが光り輝いている。あえて名刺交換をしなかったのは、互いに後ろめたいものを抱えているという暗黙の了解があったからだ。

「と、いいますと」

正は慎重に言葉を使うべく心がけていた。些細《ささい》なことでも言質《げんち》をとられることが致命傷につながりかねないと考えていたからだ。隣席では、みすずが身を小さくして座っている。らしくない。

「この葛西さんをさあ」佐々岡は、みすずを指さした。「どうも新しい恋人と勘違いしてるらしくてね。それで弱ってるんだよ。いくらそんなことはないって言っても、彼女のほうが勝手に、ぼくの嘘とか言い訳だと思い込んじゃってる始末なの。しまいには偽のブランド品を贈るような男だから、しゃべってる中身だって信用できないとか、ほんと意味わかんないこと言われててねえ」

笑いたかったが笑えない。なんとも対応しにくい話を、正はしばらく黙って聞いた。聞けば聞くほど、佐々岡が語る揉め事の本質は偽ブランド品そのものではなく、彼と愛人の間に端を発したトラブルが原因ではないかと思えてきた。

ただ、愛人のほうが勝手にみすずを新恋人と勘違いしてしまっていて、そんな女の口車にまんまとのせられて偽物を買わされた、と思い込んでいる事実が問題を複雑にしている。つまり愛人の強硬な態度の理由は、ブランドへの愛着でもなければ不正に対する怒りでもなく、たんなる情痴沙汰ということだ。

佐々岡もみすずも正もそれはわかっているのだが、肝心の愛人本人が気づいていない。或《ある》いは、わざと気づかないふりをしている、そこが難しいところだった。話を少しでも前進させようと思い、正は言った。

「私どもとしては通常とらない方法なのですが、返品をしていただいて、代金とお引き換えにしてもらえないかと考えております」

「いやあ、たかだか二万や三万返してもらってもどうしようもないんだわ、これ」

「それでは佐々岡様としては、当社がどう対応すればよろしいとお考えなのでしょうか。と言いましても」慌ててつけ加える。「会社としての方針がございますので、できることは非常に限られていますが」

佐々岡は腕組みをして考えている、振りをしていた。振りというのは、さっきから気づいていたことだった。この男はこの席に来るまでに、何をどうすればいいのか、つまりみすずと正に何をさせれば自分の被害を最小限にくい止められるのか、その方策をすでに胸に持っていると感じていた。

「ちょっと言いにくいんだけど、これはぼくの個人的な一つのアイディアに過ぎないから、そう思って聞いてほしいんだけどさ」まったく言いにくそうではなく、すらすらと淀《よど》みなく彼は言った。「できたら葛西さんに、直接うちの女性社員に謝罪してもらえないかと思ってね」

「謝罪、ですか」

「うん。謝ってほしいのよ。それとこれも無理な注文になるかもしれないけど、できたら、できたらでいいんだけど、ぼくと付き合ってることにしてほしいんだ」

仰天した。隣では、みすずがぎょっとして顔を上げ、佐々岡をまじまじと見つめている。

「あの、逆じゃないんでしょうか」みすずが、たまりかねたように言った。「私は付き合っていないと、その女性の方に身の潔白を証明するのでは？」

「いや、違うんだ。ぼくと葛西さんが、密かに付き合っていたってことにしてほしいわけ」

わけがわからない。それではますます問題がこじれてしまって、火種をますます大きくする方向へと進んでしまうのではないのか。

「じつをいうと真奈美《まなみ》とは、あ、真奈美っていうのはその女性社員のことだけど、少し前からうまくいかなくなってたんだよ。だから今回の偽ブランドバッグのことだって、ただのきっかけに過ぎなくて、彼女はなんでもいいからぼくとの間に揉め事を起こして、問題を表面化させたいだけなんじゃないかと思うんだ」

「それじゃ正規代理店へうちの商品を持っていって告発、という話は？」

　正が尋ねると、佐々岡は手をひらひらさせながら答えた。

「そんなの嘘に決まってるでしょうが。だいいちその店でバッグを何度か買ってやったのは、他でもないぼくなんだから。店の人間だってぼくの顔は知ってるはずだけど、真奈美のことなんて憶えてないだろうし、ましてや彼女のことをお得意様だなんて夢にも思ってないだろうね」

　ふうっと正は息を吐いた。これでどうやら、最悪の事態だけは回避できそうな雲行きになってきた。

「さっき謝罪とおっしゃいましたが、そうすると何を謝罪するということになりますか」

「まずは偽のブランドバッグと知らずに販売したことだよね」

「でもそれは、佐々岡さんだってご存じでした。私はちゃんと説明しましたよね」

「もちろん知ってたよ。だからそこも含めて、口裏を合わせてもらいたいわけ。葛西さんも知らなかったし、ぼくも知らなかったと」

「……それで？」

　みすずはすでに顧客と思っていないのか、それとも怒りに我を忘れつつあるのか、口調がぞんざいになっている。

「ぼくの経済状況が大変なのを知ってるから、少しでも負担を軽減させてあげたいと思って、それで安い品物を探してきてくれた、と」

「安いっていっても、安すぎませんか？」

「いちおう偽物というところは認めたけど、二十万円払ったってことになってるから」

「冗談じゃないっすよ」

みすずの声が低くなった。膝《ひざ》の上にのせた握りこぶしに、青い筋が浮かんでいる。彼女の怒りが伝染してきて、正の頭にも血がのぼりつつある。が、冷静になれと言い聞かせる。

「二十万円とは、そりゃあいくらなんでも言い過ぎでしょう。とりあえず話を最後まで聞かせてもらおうと思いますけど、葛西が佐々岡さんと付き合ってることにしたいというのは、どういう意図からですか」

佐々岡は辺りをうかがうように見渡してから、コーヒーで口を湿した。

「別れたいんだよね、真奈美と。今回の話だってそうだけど、あいつかっとすると何をしでかすかわからない女だから」

なんて身勝手な、自分に都合のいいことばかり考える男だ。

「だから本当は今回のバッグを、褒賞の品と手切れ金代わりにしようと思ったんだけど、それがばれちゃったもんだから」

「安上がりもたいがいにしろ！」

内心で毒づいたつもりの台詞が、思わず口から出ていた。自分の言葉に自分が興奮してきて、立ち上がった正は、気づいたときには財布から抜き出した三万円をテーブルに叩きつけていた。

「これで、この話はなかったことにしてくれ。バッグはくれてやるから、新しい愛人へのプレゼントにでもするといい」

捨て台詞を吐き、出口に向かって歩き出す。みすずも立ちあがると、呆気にとられている佐々岡に向かって言った。

「ということだそうなので、悪しからず」

店を出て広瀬《ひろせ》通りを歩いていると、みすずが追いついてきた。会社へ向かいながら、しばらく無言のまま並んで歩いた。

「確かに俺たちは偽物のバッグを売っているかもしれないが、売ってる人間まで偽物なわけじゃない」

はい、とみすずが小さく言った。自分の人間としての値打ちがあれほど安いのだとしたらやりきれない。晩翠《ばんすい》通りの角を曲がり、北へと向かう。

「今回のことで万が一告発するという話が現実になったら、うちの会社はどうするつもりだったんでしょうね」

「そんなことを心配してたのか？　案外、神妙なところがあるじゃないか」

「別にそんなわけじゃありませんけど、でもハワイ旅行へ行くまでは潰れてもらっちゃ困りますから」

「とんずらするだけさ」

「とんずらって、会社が？」

「そうだよ。簡単なことだ」

「でも曲がりなりにも会社組織なんですから、いくらなんでもそんなに簡単にはできなくないすか？」

「俺が入社してから、これまで三回は変わったね。場所はもちろん、社名も電話番号もウェブサイトも、何もかもだ。我が社は事務所の移転には慣れたもんだ」

「とことん胡散臭《うさんくさ》い会社ですね」

「そういう意味では筋金入りだからな、うちは。特定のお客さんと長く付き合うような商売じゃないし、所詮は浮き草稼業だ」

ふと、いい考えが閃《ひらめ》いた。

「くさくさするから、気晴らしに犬の散歩に付き合わないか」

「散歩って……あ、秋田犬ですか？　これから？」

「今日の業務は、もう終了でいいだろう。大きくなりそうだったトラブルを、こうして未然に回避できたんだから大手柄だ。俺も葛西も」

行き先を急遽《きゆうきよ》変更して、正のマンションへ向かった。定禅寺通りを歩きながらふと目をあげると、欅《けやき》並木の向こうに夕焼け雲が浮かんでいるのが見えた。オレンジとピンクを足したようなけばけばしい色合いだが、目を見張るほどきれいだった。

マンションのロビーまできたとき、みすずが立ち止まった。エレベーターのボタンを押して正は言った。

「ここで待ってる？」

こくりとうなずく。部屋からゴロー丸を連れ出し、非常階段を降りて玄関へと回りこむ。みすずは駆け寄るとすぐにひざまずいて、犬のあごやら腹やらを撫でまわしはじめた。

「こんなにでかい犬なのに、怖くないんだ？」

「怖くなんかないですよ、ぜんぜん平気。というか、なまらめんこい犬じゃないすか、こいつ」

「なまら？」

「すごく、っていう意味ですよ」

マンションを出て、せっかくだからとリードを持たせると、みすずは手慣れた感じで歩き出した。ゴロー丸はゴロー丸で、まるで何年も前から飼われているのだというように、みすずの左横について進んでいく。

いつものように定禅寺通りから西公園、広瀬川の河川敷のコースを散歩した。河川敷では、周囲に人がいないのを見計らってゴロー丸を放してやった。まだ水は冷たいだろうに、そんな人間の心配をよそに水しぶきをあげて川岸を走り回っている。

すっかり陽が落ちたので帰ろうかということになり、ふたたび定禅寺通りへ入った。二人とも酒でも飲んで憂さ晴らししたい気分だったから、ゴロー丸をどうするかという問題はあるものの、まあどうにかなるだろうと国分町《こくぶんちょう》方面に向かっていた。

芽吹《めぶ》きはじめたばかりの木々のシルエットを、柔らかなガス灯の橙色《だいだいいろ》が浮かび上がらせている。中央分離帯を兼ねた遊歩道には何体か彫刻があって、そちらに気を取られていたとき、不意にゴロー丸の足が止まった。

「どうした?」

そう声をかけたのだが、頭を下げて身構えるような姿勢のまま動こうとしない。みすずは、正たちが立ち止まったことに気づいていない。犬の視線の先をなぞっていった先に、駐車している赤い乗用車が見えた。

車と同じ赤色のコートを着た女がその横に立っていて、こちらをじっと見ていた。

みすずは気づかないまま歩いて行く。うーっという低いうなり声が、ゴロー丸の口から洩《も》れる。

コートの女が、通りをこちらに向かって歩いてくる。みすずに近づいて来ているように見えたので、もしかして知り合いだろうかと考えたとき、突如ゴロー丸が駆けだした。虚をつかれた正は、持っていたリードを思わず手放してしまう。

女はみすずに一メートルほどまで近づいたとき、手に持っていた瓶《びん》に見える容器の蓋《ふた》を回して開けた。呆然と立ちすくんだままのみすずに向かい、女が叫んだ。

「この、メス豚！」

酢豚？　よく聞き取れずに正がそう思ったとき、女が反動をつけて瓶の中身をみすずの顔めがけてぶちまけようとした。

その一瞬間前、ゴロー丸が跳躍《ちょうやく》していた。信じられない距離を一気に飛び、コートの女に襲いかかったのだった。

二人の女の悲鳴が、並木道に響いた。

†

赤いコートを着ていたのは、やはり佐々岡が付き合っていた真奈美という女で、手に持っていたガラス瓶には濃硫酸《のうりゅうさん》が入っていた。

佐々岡とみすずに対する一方的な妄想を膨らませたあげくの行動で、顔に火傷を負わせるつもりで企《くわだ》てたのだった。けれども犬に飛びかかられるという予想外の出来事で驚倒し、逆に自分の手に軽い怪我《けが》をしたが、結果的に被害はそれだけですんだ。

ゴロー丸は本当に救世主だった。みすずにとっても、正にとっても。

何より不思議だったのは、なぜゴロー丸が事が起こる前に危険を察知できたのかだった。動物に予知能力があるという話は、一般的な知識として知っていたものの、身をもって体験したのは初めてのことだった。ずば抜けて嗅覚に優《すぐ》れた動物だから、薬品のごく微かなにおいを異臭として捉《とら》えたのだろうと、自分を納得させてみたものの、やはり釈然とはしなかった。

しかも救おうとして行動した相手は、暫定的な里親として一緒に暮らしていた正ではなく、その日出会ったばかりのみすずだったのだ。いくら考えてもその奇妙な行動をうまく説明できそうになかったから、面倒な事柄に遭遇したときはいつもそうしてきたように、棚上げすることにした。

ゴロー丸が正のマンションへきて三ヵ月が経ったある日、二瓶動物病院から連絡が入った。飼い主が退院したのだが、折り入って相談したいことがあるので一度病院へきてもらえないかという話だった。

いよいよ里親の役目も終わりかと、そのときは思った。以前の気楽な独り暮らしに戻れる解放感が半分、あとの半分には、やはり一抹《いちまつ》の淋しさが含まれていた。これからは毎日毎日餌や水を用意することもなくなり、糞や尿を始末する手間もかからないし、散歩に連れ出せなかったときの罪悪感に苛《さいな》まれることもなくなる。

子どもの頃以来、久々に味わわされる複雑な感情を抱きつつ、早めに仕事を切り上げて七時ぎりぎりに病院を訪れた。いますぐに返してほしいという話にはならないだろうと思っていたから、犬は連れていなかった。

会った途端に院長の二瓶は、予想外の話を切り出した。

「新城さん、もしよかったらということですけれども、あの秋田犬をいまのまま飼ってもらえないでしょうか」

まったく考えもしていなかった方向からの話だった。

「でもあの、飼い主の人が退院したって、電話では」

「ええ、無事退院はされたそうです。しかし、やはり飼えない状況には変わりがないそうで」

彼は言葉を濁したが、正もあえてそれ以上突っ込んで聞こうとは思わなかった。

「まあそういうことで、どうでしょう。三ヵ月近く飼ってみて情も湧いてきたでしょうし、ちょうどいい話じゃないかと思うんですが」

「いや、やめておきます」

自分でも意外なほどあっさり、そしてしっかり否定していた。院長と受付嬢が顔を見合わせている。彼らの経験則に照らし合わせてもこの流れで、この状況で拒絶する里親などこれまではほとんど皆無だったのだろう。

「でも、一緒に暮らしていたのですから、かわいくなってきたんじゃないんですか？」

受付嬢が取り持つように言った。正は深く頷いた。

「そりゃ、かわいいですよ。かわいいっていうより、あいつは俺の救世主でした」

院長と受付嬢は、意味がわからないというように顔を見合わせた。

「せっかくそう思っていらっしゃるのなら、これも何かのご縁ですし」

「いや、だからこそだめなんです。この気持ちは言ってもわかってもらえないと思うので、あえて説明はしませんけど、とにかく自分があいつをこのまま飼いつづけることはできません。申し訳ないですが」

あらためてそう断言すると、彼らはそれ以上無理強いすることなく引き下がった。

自分たちのほうで引き取り手を捜《さが》してみますから、時期はいつでも構いません、新城さんの都合《つごう》の良いときに連れて来てください。里親を引き受けていただいて、心から感謝しています。そう穏やかに笑って院長は言った。

正はある決意を固めていた。それは自分にとって大きな変化だったが、その理由がゴロー丸と一緒に暮らすようになってからのものであることは、もはや疑いようもなかった。

真っ当に生きたい。真剣にそう考えていた。

餌を食べ、水を飲み、小便と糞をして、散歩へ行く。そんな毎日を坦々と繰り返している生き物の姿に間近で接していて、徐々に、しかし不可逆的に、自分の内面が変化していくようすをはっきりと感じた。

こいつは、しごく真っ当に生きている。なのに飼い主である自分は、犬よりも高等な生物であると思い込んでいるヒトの自分はどうだ？　金が稼げて少しばかりいい暮らしができれば、どんな仕事をしているかなど関係がないというのか。それが偽物の商品を売りつけるような商売でも？

ゴロー丸を飼いはじめる前は、自分のまわりで不運がつづいていると思っていた。けれどもあれは、運の善《よ》し悪《あ》しなどではなかった。すべて自分がまいた種だったのだとわかった。

悪い何かがどこかから勝手にやってきたわけではなくて、元を辿《たど》れば原因はすべて自分の内側にあった。実家の件にしても、金を送れば大丈夫だという気持ちでいたが、それ以前に心配して顔を見に帰省することさえ考えつかなかった。本来柔らかいはずだった心の中の何かが、すっかり固く乾いて麻痺《まひ》していたのだ。

一連の悪い流れの連鎖を断ち切るために何より必要だったのは、幸運を待つことではなく、自分自身が変わることだとやっと気づいた。そしてそれに気づかせてくれたのが、あの犬だった。

共に暮らすうち、正はゴロー丸の生き方に感化されるようになっていった。人が犬に感化されるというのも妙な話ではある。確かに飼っているのは人間である自分のほうだが、同じ生き物としての深い部分において、この秋田犬のほうがはるかに上だ。掛け値なしにそう感じさせられた。

あの硫酸事件のときもそうだ。正は危険が差し迫《せま》っていると気づいてはいなかった。ああいう出来事を、事前に察知できる能力があるわけでもない。

しかし万一気づいていたとして、果たしてあの犬と同じように、硫酸を持った相手に身を捨ててでも向かっていっただろうか。これまでの人生を振り返って考えれば、見て見ぬ振りをして、或いは手をこまぬいたまま立ち竦《すく》み、みすずの顔に硫酸がかけられた事実を生涯後悔しつづける羽目に陥ったかもしれなかった。

ゴロー丸は自分を変えた。そのことには心から感謝している。ただ、あの犬がそばにいる限り、自分の弱さや不甲斐なさと向き合わざるを得なくなる。毎日毎日、自分にうんざりしつづけるに違いなかった。そしてそれが果たして真実かどうかもわからない救世主としての役目を、あの犬に押しつけつづけるに違いない。

それでは何も変わったことにならない。だから本当に生まれ変わろうとするのなら、この先あいつと一緒にいてはいけない。真剣にそう考えた。

正の心に、深く刻まれている光景がある。

ある日曜日の夕暮れ、いつものコースを散歩させていたとき、ちょうど西公園にさしかかった。西公園は広瀬川に向かって断崖絶壁になっていて、広々とした眺望が楽しめる場所だった。目の前にはこんもりと森が繁った青葉山があり、その向こうに見える山なみの稜線《りょうせん》に陽が沈むところだった。

ゴロー丸は不意に歩みを止めると、その美しい夕焼けのほうに顔を向けた。鼻先を上げるようにして心持ち目を細め、赤い太陽をじっと眺めた。その姿はどこか哲学者のようでもあり、みずからの来し方を省察し、行く末に思いを致しているのではないか、そんなふうに思わせられるほど凛《りん》とした佇まいだった。

もちろん人間の一方的な思い込みだろうと承知してはいたが、面白かったから正はそのまましばらく待った。すっかり太陽が沈みきったとき、彼はさあ帰ろうとでもいうようにこちらを見あげて、散歩の再開を促した。

このときの顔が忘れられなかった。自分はいま気高い何かに触れているのだという感覚を、生まれて初めて味わった気がした。人間と犬という種の壁を超えて、生き物としての格は明らかにこの犬のほうが上だった。俺はゴロー丸に、生き物として負けている。

夕闇の中、ゴロー丸の半歩うしろを歩きながら、子どもの頃に祖父からいつも聞かされていた言葉が不意によみがえった。

それは「お天道様に顔向けできないことはするんじゃないぞ」という実直なじいちゃんの戒《いまし》めだった。

まず最初にすべきことは、会社に辞表を提出することだった。そしてその同日、ゴロー丸と別れよう。会社を辞め、住まいも替えて、現在の自分の何もかもをすべて捨てた上で、一から出直すのだ。そして山形の実家に帰省して、両親や弟とじっくりこれからのことについて話し合おう。そう考えると、これまで感じたことのないような充実感に、全身を満たされるような思いがした。

あの事件の少しあと、みすずと一度だけ寝たことがあった。照明を消した正の部屋のベッドで、彼女は言った。

「私、重い女ですよ」

「重い？」

「だからきっと新城さんは、私という女を背負いきれないと思う」

確かに重そうだと軽口を叩こうとして、口をつぐんだ。彼女の身体は強ばっていた。翌日から会社では、互いにそれ以前とまったく変わらない調子で接した。そしてそれ以上の仲には進展しなかった。

五月も終わろうというその日、正は会社に辞表を出した。

馬場は引き止めようともせず正を睨みつけていたが、こちらの決意に揺るぎはないことを説明すると、「早く出て行け、目ざわりだ」と吐き捨てるように言った。みずは外回りにでも出ているのか不在だった。過去の自分をすべて清算するという意味では、そのほうがいいのかもしれないと思った。

マンションに帰ってから、ゴロー丸を最後の散歩に連れて行き、その足で動物病院へ行った。わずか数ヵ月とはいえ、自分も犬ももう少し別れがたい気持ちになるかと思ったが、そんなことはなかった。じつにあっさりとしたものだった。

ただ別れ際、ゴロー丸が不思議そうにこちらを見つめているのが強く心に残った。この姿を生涯忘れずにいようと、正は心に誓った。

住まいを郊外の安いアパートに替え、職を探すためにハローワークへ足しげく通い、転職サイトを物色したりしているうち、あっという間に二週間ほどが過ぎた。

そんなある夕方、街中での面接の帰りにふと気になって、二瓶動物病院へ行ってみようと思い立った。

ゴロー丸の新しい飼い主が決まったかどうか、心の片隅でずっと気になっていたからだ。いったんは飼わないと決意したものの、いざ犬のいない毎日を過ごしてみると、生活の中にぽっかり空洞ができたような感じがしていた。だからもしまだ新しい里親が見つかっていなかったら、もう一度飼うことを真剣に検討してみてもいいと思ったのだ。数ヵ月だけ里親になったものの、引き取り手がないまま、裏の檻《おり》に入れられていると思うと寝覚めが悪かった。

病院の窓口に顔をだすと、受付嬢が「あら」とうれしそうに笑った。

「どうしたんですか、今日は」

「別にこれといって用事があるわけじゃないんですけど、ちょっと近くを通りかかったもので」

少々きまりの悪い気分だったからそんなふうにごまかすと、彼女は思い出したように言った。

「そうそう、ゴローちゃんは無事引き取られていきましたよ。安心してくださいね」

えっ、と言ったきり、正はしばし固まった。このとき初めて、自分がどれほどあの秋田犬ともう一度暮らすことを楽しみにしていたのかに気づかされた。

「新しい里親は、どういう人だったんですか」動揺を隠しながら尋ねてみる。

「やっぱり気になります？　元の里親としては」

照れた笑いを浮かべていると、彼女はこんなことを言った。

「女性の方でした。なんでも、本当は犬を飼いたかったけどこれまでは縁がなかったって。それで猫を飼ってて」

「ふうん。猫と犬って一緒に飼えるんですかね」

「もちろん動物どうしの相性はありますけど、そういう飼い方をしている方はたくさんいらっしゃいます。でもその方は、少し前に猫を亡くしたらしくて」正の頭を何かがかすめて通りすぎた。「大きな秋田犬の散歩は大丈夫ですかと確認したんですが、体が大きいからぜんぜん問題ありませんとおっしゃって」

いま通りすぎたのが何なのか気になったが、落胆《らくたん》していたのでうまく摑《つか》めそうにならなかった。

「また短期の里親募集があるかもしれませんので、そのときはよろしくお願いしますね」

「いや、次に飼うときはちゃんと最後まで、犬の面倒を一生見るつもりで飼おうと思ってます」

帰りかけてドアを開いた。そのとき、さっき通りすぎていったものの正体に唐突に気づいた。犬好きだが猫を飼っていて、身体の大きな女――。

「さっきの新しい里親の話ですけど、もしかして葛西という名前の女性じゃなかったですよね」

受付嬢は不思議そうな顔をしていたが、「ちょっと待ってください」と言い置くと陰に消えた。戻ってくるとバインダーで留めた書類を見ながら、こう言った。

「えーと、葛西みすずさん。本当だ。もしかして、お知り合いか何かですか？」

驚いた。なぜ、みすずがゴロー丸の新しい里親に。というか、どうしてこの病院のことを知っているのか。そこまで考えて、ふっと思い出す。そういえば酒を飲んだとき、自分も里親になってみたいと言い出した彼女に、この病院の名前や場所を教えたのではなかったか。

多少の混乱を抱えつつ外へ出て、携帯からみすずにかけてみた。現在は使われていない旨《むね》のアナウンスが流れたので、嫌だったが意を決して今度は辞めた会社にかけることにした。

自分とわからないように声色を変え、葛西みすずさんをお願いしますと告げると、相手は疑り深いようすで言った。

「あの、どういったご用件でしょうか？」

いつものクレーム電話だと警戒しているのがわかったので、正はこう告げた。

「前に買ったバッグがよかったので、また注文しようと思ってね」

「それはありがとうございます。よろしければ私、高橋《たかはし》が伺いますが」

「いや、葛西さんに頼みたいんだけど」

一拍間《いっぱく》が空いて、こんな返事が返ってきた。

「葛西は退社いたしました。仕事は引き継いでおりますので私、高橋が……」

電話を切った。どういうことだ？

ゴロー丸を引き取り、そして会社を辞めたというのだろうか。年間セールスでトップを取って、副賞のハワイ旅行を手にするまで辞めないと言っていたのではなかったか。

そのとき、奇妙な考えが頭に浮かんだ。もしかしたらあの犬、ゴロー丸は、自分の次の主人となる人間が葛西みすずだと、あの時点ですでにわかっていたのではないか？

白くて大きなあの秋田犬の、知性を感じさせる思慮深げな目が脳裏《のうり》に浮かんだ。

「んなバカな」

ひとり言を呟く。この季節にはめずらしく、夜霧が降りてきた。どこか座りの悪い気持ちを抱えながら、正は駅へと向かう道を歩きはじめた。

第四話　捨てられし者

「転勤？　うそっ」

妻の声が裏返った。矢作隆明《やはぎたかあき》はわざと渋面《しぶづら》をつくってみせた。

「本当だ。会社の異動のことで、嘘なんかついてどうする」

「それはそうだけど、でも急にそんなこと言われても……えー!?」

言葉とは裏腹に、亜子《あこ》にはよろこびを隠しきれないという空気が漂っていた。妻の心境が推察できるだけに、なおさら複雑な気持ちになってくる。

「翔太《しょうた》は部屋か？」

「学校から帰ってきてからは、夕食のときに一度出てきたきりで、あとはずっと部屋にこもりっぱなしなの。あの子、ここのところふさぎこんでるから」

「最近ようやく友だちが増えてきたみたいだって、この間言ってたじゃないか」

「そうなんだけど」亜子は気を取り直したように言った。「翔太の話はまた今度ゆっくりしましょう。それで転勤の話だけど、辞令は九月一日付なのよね」

「ああ、だからあと一ヵ月半しかない」

「もう、いつも急な話なんだから。でもまあ、これで東京のママ友たちと再会できるのはちょっと、というか、かなりうれしいかな」

「本社勤務、か」

「それって、栄転ってことだよね」

「そうとも限らないぞ。一昔前とは状況がまったく違うんだから、いまのおれの立場で東京本社へ戻ることが、必ずしも昇進に結びつくってわけじゃない。ぬかよろこびはしないほうがいいよ」

「とかなんとか言って、じつはもう昇進の内示があったりして。それで私には黙っておいて、東京へ戻ったとたんにサプライズで、とか」

「何がサプライズだ、ばか。とにかくビールだしてくれ」

はーい、とめずらしく明るい表情になった亜子の後ろ姿を見やり、まんざら外れでもないかもしれないと思ってみる。

まったく予測もしていなかった人事異動だった。仙台支店への転勤が決まったときは、そろそろ自分に来る頃だろうと考えていた矢先のことで、なんとなく勘が働いたから人事部の知り合いに探りを入れてみたところ、その通りだった。

仙台支店勤務の辞令が出たのは、わずか二年前のことである。地方勤務で二年はかなり短いほうだ。転勤先の希望を出すことはできても選ぶことはできないシステムだけれど、それでも上司や人事部周辺の情報収集を怠《おこた》らなければ、転勤時期の見当ぐらいはつくものだ。長く同じ組織に身を置いていれば、その程度の見通しは立つようになる。

ところが今回に限っては、直属の上司は気配すら感じさせなかった。本社勤務が長かった自分と違って、仙台支店の部長である上司は北は北海道から南は福岡までと地方勤務が長く、隆明に対して妬《ねた》みに近い感情を抱いているような気がしていた。それがわずか二年でふたたび本社へ戻るとなれば、辞令交付ぎりぎりまでみずから進んで教えたくないのも当然かもしれない。こいつがよろこんでいる時間はなるべく短くしたい、といったところか。

今度帰ってきたあかつきには絶対に昇進させてやるからなと、本社で上司だった小《お》山田《やまだ》からは言われていた。隆明は社内派閥に積極的に関わるほうではなかった。が、それでもある程度年数がたてば自然と色分けはされてくるもので、隆明などは小山田の取り巻きの一人だと思われているのは間違いなかった。

俺についてくれれば悪いようにはしない的なその手の言動を鵜《う》呑《の》みにするほど、うぶでも純情でもないつもりだが、心の片隅で甘い期待を抱いていたのも事実だ。その機会が今回の人事異動かもしれないと思うと、妻でなくても気持ちが浮きたってくるのは仕方のないところだ。

「これから忙《いた》しくなるね」

ゴーヤの炒め物とビールを持ってきた亜子が、向かいに腰をおろした。まだ頬がゆるんでいる。

「引っ越し準備とか。あ、まず家探しが最優先か」

「総務のほうにも、早めに条件を伝えておかないとだめだな。おまえのほうから何か希望条件はあるか」

「希望する条件がたくさんありすぎて、すぐには整理できないなあ。何日か時間をちょうだい、いいでしょう？」

「五郎丸が飼える家を見つけないとな」

そう振ってからビールを飲んだが、亜子の反応は鈍かった。小首をかしげて手元を眺めている。

「どうした？」

「それなんだけどね」自分の手をこすり合わせるようにして、彼女は言いにくそうにつづけた。「東京で暮らすとなると、五郎丸を飼いつづけるのは無理なんじゃないかなと思って」

「なんでだよ、そういう家を探せばいいだけの話じゃないか」

「一軒家で庭もそれなりに広くて、でも安い賃貸なんてそうそうないわよ。そもそもきれいな一軒家の賃貸なんて、圧倒的に数が少ないはずだもの」

「そりゃあ、仙台のようなわけにはいかないだろう。こっちは本当に家賃も物価も安くて暮らしやすいから」

隆明はサッシの向こうの庭を見た。門柱の上の灯りが、梅の枝とすぐ横にある犬小屋を照らし出していた。

さっき帰ってきたとき、五郎丸は立ち上がってうれしそうに尻尾を振っていた。いつものように、しばしスキンシップの時間を過ごしてから家の中へ入ってきたのだ。この家も庭も風情があって気に入っているが、東京で万が一同じ条件の物件が見つかったとして、立地にもよるだろうが、家賃は三倍ぐらいに跳ね上がるに違いなかった。

「見つからなかったら、千葉とか埼玉とか隣県を探すしかないな」

「いやよ、そんなの。やっと本社勤務になったのに、東京に住めないなんて意味ないわよ」

「そんな贅沢《ぜいたく》言ってたら、五郎丸を飼える家なんか……」

「だから飼えない可能性も、飼えないという前提も考えておいたほうがいいと言ってるんじゃない」

一瞬、頭が空回りした。彼女が何を言わんとしているのか、いまひとつぴんときていなかった。

「総合的に考えると、やっぱりマンションのほうが現実的だと思う。もし一軒家が見つかったとしても、やっぱり防犯なんかの面から考えるとちょっと怖いもの」

「何言ってるんだ、たった二年前まで東京で暮らしてたくせに」

「だから、そういう意味でも仙台と違うって言ってるんじゃないの。ここは街も人もなんとなくのんびりしてて、大きな犯罪なんてめったに起こらないし、暮らしやすいといえばすごく暮らしやすい街だからね。私はいまでも東京のお友だちとよくメールで近況を教え合ってるけど、向こうは最近ますます不景気になってきて、それのせいなのかすごく治安が悪くなってきてるって」

「本当かよ。東京の知り合いと話してたって、そんな話は聞いたことないぞ。たまたまその人が住んでるエリアがそうなだけじゃないのか」

「そんなことない」彼女はきっぱりと否定した。「サラリーマンなんて仕事の話しかしないでしょう。私たち妻は子どものこととか教育環境、住宅事情やそういう治安のことまで含めて、いろんな情報交換をしてるんだから。そういうもろもろの条件を考え合わせてみた場合に、東京で暮らすならマンションのほうがいいというのが、妻としての私の結論」

「二、三日考えさせろと言ってたくせに、もう結論が出たのかよ」

皮肉めかしてそんなことを言ってみる。

「考えると言ったのは、具体的な物件の話。翔太の学校とかあなたの会社のことを考えると、どの沿線のどの駅の周辺がいいかとか、間取りはどれぐらいで、住宅の補助がどれぐらい出たらうちで負担するぶんはいくらぐらいになるかとか、検討しなくちゃいけないことはいっぱいあるんだから」

「さっきの件だけどな」

「さっきって?」

「五郎丸のことだよ」

「ああ、そのこと」

「東京へ戻ったら犬を飼わないって、そうなったら五郎丸はどうするつもりなんだ」

「それはまだ、その可能性も考えておかなくちゃっていう段階の話で」

亜子は口ごもった。さつきはぴんときていなかったが、ようやく考えがまとまってきた。

「まさかおまえ、保健所に連れていこうなんて考えてるわけじゃないよな」

「ひどい。そんなこと考えるわけないでしょう」さすがに彼女も怒った顔になった。

「私がそこまで薄情《はくじょう》な人間だと思ってるの?」

「そんなことは思ってない。でも、だとするとますます考えてることがわからなくなる。東京じゃ飼わない、保健所に連れていくわけでもない。だったら、どうしようと思ってるんだ」

「だから、それをこれから一緒に考えるんじゃない」

「そんなこと言ったって、それほど考えたり迷ったりするような選択肢がこの件についていくつもあるとは思えないな。少なくとも、おれにはそれ以外には考えつかないぞ」

二人で黙りこんでいるところに、お腹がすいたと翔太がやってきたことで、結局その件はうやむやになってしまった。

†

曖昧《あいまい》なままにしておくべきではないことを曖昧に放置したまま、日々はまたたく間に過ぎていった。

業務や得意先の引き継ぎと転勤による前倒しの送別会とがつづいて、連日帰りが遅くなっていた。仙台支店の業績はここ数年来けっしてかんばしいものではなく、仕事量自体は減っているのだから暇になりそうなものなのだが、逆に多忙になるというのも会社組織の奇妙なところだった。

めずらしく残業もなく、同僚に酒を付き合えと誘われることもないまま帰宅したその夜、リビングに入ると亜子と息子の翔太がむっつりと黙りこんでいた。彼女が少しずつ進めておくと話していた荷造りの段ボール箱が、部屋のすみに積み重ねられている。

「どうした。何かあったか」

どちらにともなく声をかけると、妻からも息子からも返事はない。彼女は小声で「お帰りなさい」と言うと、食事の支度をはじめるためにキッチンへ立った。翔太も立ち上がりそうになったから、隆明はもう一度尋ねてみた。

「お母さんに何かで叱《しか》られたのか」

「ちがうよ。なんで僕が叱られなくちゃいけないんだ」

そう言うと、ぷいとリビングから出て行った。なんだか嫌な空気だなとは思ったものの、すぐに問いつめるのはやめたほうがよさそうだと思い話題を変えた。

「五郎丸の散歩は？」

「あ、まだ連れていってなかった。ごめん」

「それじゃ、今日はおれが散歩させてくる」

「ごはんは？」

「帰ってきてからでいい。吉田《よしだ》さんから昼に豪勢なランチをごちそうになったから、まだ腹がぺこぺこってほどでもないし。散歩コースも、省エネコースにするさ」

スウェットの上下に着替えてリビングへ戻ってくると、隆明の姿を庭からサッシ越しに見ていた五郎丸が、すでに犬小屋から出て待っているのが見えた。いつものことながら、言葉でも仕草でも伝えていないのに不思議な感覚だなと思う。

この犬の行動は、いつもこちらの心の動きを前もって読んでいるかのようで、くるくると巻きあがった尻尾をうれしそうに振っている。

「さあ、お待ちかねの散歩だぞ」

ひとしきり全身を撫でてやってから、リードを持って道路へ出た。梅雨《つゆ》もそろそろ終盤に入っていたが、あまり雨の多くない年で夜が気持ちのいい季節である。

夜の八時は、犬を散歩させる人の姿が比較的多い時間帯だ。特に暑いこれからの時季は陽が沈んでから出かける場合が多いようで、秋田犬のように暑さに弱い長毛種はなおさらだ。

五郎丸は歩道の端を、要所要所にマーキングしながらゆっくりと歩いていく。足どりは力強く、悠々と進んでいく。体調はよさそうだと考えながら、このところ忙しさにかまけて散歩に出る機会が少なかったことに若干の罪悪感を覚えた。

通りの向こうから小型犬を引いた若い男が歩いてきた。シーズーらしきその犬は、かなり遠くから大型犬の存在を認めて吠《ほ》えたてていた。隆明はリードをひと回し巻いて、強く握りしめた。

こういう場面でいつも思うのは、なぜ小さな犬は大きな犬に向かって吠えるのかということだ。強い犬はめったに吠えない。特に五郎丸の態度は冷静沈着で、まるで小型犬など目に入らないとでもいうように、鼻をまっすぐ前に向けて歩いてゆく。散歩の途上でよその犬に会うのはしょっちゅうだが、相手やその飼い主に向かって吠えたことはこれまでに一度もなかった。

若い男は飼い犬がこちらに近づかないようにと一生懸命リードを短くし、同時に自分も車道すれすれまで身を引いている。

すれ違う直前、隆明は相手の犬に向かって声をかけた。

「大丈夫、この犬は大きいけどやさしい犬だから」

犬を飼うようになって気づいたことのひとつが、道端で出会う飼い主たちはなぜか最初に相手の犬に向かって話しかける人が多いという事実だった。そして、いつの間にか自分もそうなってしまっている。

「これ、秋田犬ですか」

「そう、五郎丸っていうんだ。そっちはシーズーでしょう」

「動物管理センターからもらってきた雑種なんです。そうか、五郎丸っていうんだ。

古風で堂々とした名前ですね。名は体を表わすっていうけど、ほんとだ」

「動物管理センター？」

隆明が尋ねると、若い男はうなずいて答えた。

「定期的に譲渡会っていうのが開催されるんですよ。そこに行って気に入った犬がいれば、いくつか条件はあるけど譲《ゆず》ってもらえる」

「ああそうなんだ、そういうのがあるんだね。知らなかった。譲ってもらえる犬というのは、どういう背景の犬が多いんだろう」

「こいつは捕獲されたみたいです」若い男は足元の小型犬を愛《いと》しそうに見つめた。「郊外の住宅街付近をうろついてたところを。ちっちゃいですけど、これでも成犬でした」

「どうしてこの犬を選んだの」

「直感ですよ。あと、悲しそうな顔してたからかな」

「悲しそう」

「そういうのって犬自身の気持ちというより、人間の側の一方的な思い込みだってことはわかってるつもりなんですけど」

若い男は話好きなのか、それとも飼いはじめたばかりの犬について語るのがうれしいのか、そのときの経緯を教えてくれた。

譲渡を希望した場合、飼育方法を学ぶ授業を受講させられると同時に、成犬譲渡のチェックリストという用紙に記入させられるのだという。それもただの形式的なものではなく、かなり突っこんだ質問にも答えなければならない。

これまでのペットを飼った経験、あればその種類、さらには現在飼っていないという場合はその理由まで書かされるそうである。一軒家か集合住宅か、動物の飼育が可能な条件か、飼うとすれば屋外か室内か。さらに本人だけでなく家族全員が飼育に賛成しているかどうか等々、かなり念の入った項目が用意されているらしい。

「質問の中には、転勤の有無まであるんですから」

どきりとした。反射的に見ると、驚いたことに五郎丸もこちらに覗《のぞ》きこむような眼を向けていた。

「ああ、それから犬を終生飼えますかなんていう、まるで誓約書《せいやくしょ》みたいなものもあったなあ。とにかく、すごく念入りなんですよ」

「それは、すごいな」内心の動揺を隠して相づちを打った。

「センターの人たちは本当に動物が大好きみたいで、それだけじゃなくて動物の命っていうか、そういうことについて真剣に向き合ってるんだなっていうのが伝わってくるんですよね。だからぼくも本気でこいつの面倒をみてやらないと、あの人たちに申し訳が立たない気がします」

気がつけば長い立ち話になっていた。五郎丸に鼻面を向けていた小型犬はすでに静かになっていて、時折互いに匂いを嗅ぎあったりして、どことなく打ち解けたという雰囲気になっていた。

目で挨拶をして別れ、ふたたび歩き出す。おかしな言い方だが、こんなときは奇妙な優越感がある。犬はペットであって飼い主そのものではないのは承知しているつもりだが、犬の体軀や落ち着いた物腰の五郎丸がとても誇らしく思えて、相手より優位に立っているような気分になってくるのだ。

さっきの言葉が頭のすみに引っかかっていた。動物管理センターの譲渡会か。ふいに五郎丸が立ち止まり、隆明を見あげた。

「ん、どうした」

語りかけると、五郎丸はじっとこちらを見つめていた。大きな両の瞳に街灯が映りこんで、水晶玉のような光を放っていた。美しい眼だった。少なくともこんな眼をした人間は、生まれたての赤ん坊ぐらいだろう。

犬の気持ちを知りたいと口にする人は多くて、隆明も同じように思うことはしばしばであるが、少なくともいまは知りたくないという気がした。こちらの考えていることと、迷っていることがもし五郎丸に筒抜けだったなら、彼が何を考えていて自分たちにどんな感情を抱くのか、それを知るのが怖かった。

三十分ほどの散歩から戻ると、さすがに腹の虫が鳴った。遅い夕食をとりながらテレビを見ようとリモコンでスイッチを入れたとき、亜子がキッチンから来て言った。

「話があるから消していい？」

「あ？　ああ」ハンバーグを飲みくだしてから言った。「さっきの、翔太の話か」

亜子はうなずいて頬杖をついた。

「私知らなかったの、翔太があれほど悩んでいたってこと。母親失格ね」

「だから、なんの話だ」

「あの子、学校のクラスでつまはじきにされてるみたいなの」

考えてもみなかった話題だった。なんと言えばいいのか即座に見当がつかなかったので、麦茶をひと口飲んで話のつづきを待った。

「三年生になってからだっていうから、新しいクラスになってからということね。あの小学校は、一、二年は同じだけど三年生になるとクラス替えがあるの。新しく友だちを作るのが苦手で、スタートダッシュに遅れちゃった子の中には、翔太みたいな子も何人かいるみたい」

「いじめられてるのか」

「そういうんじゃないみたいだけど」口内炎ができたような、弱々しい口調に変わった。「無視されてるというのか、とにかく遊んでくれる友だちがまだできてないみたいなのね。もう三年になって三ヵ月も経ってるのに」

「まあ、もうすぐ夏休みだから」

言ってしまってから、まるで意味のない発言だったと気づいた。

「それなら、もう少ししたら転校しちゃうんだからってことになるじゃない。子どもにとっては、もうすぐこの学校からいなくなるんだからそれまで我慢、という発想にはならないわよ。あくまでもいまの学校のいまのクラスで、いま目の前にいる友だちと遊びたいんだから」

「そんなもんかな」

「あなただって子どもの頃は、きっとそうだったはずよ。それとも、あまりに昔のことすぎてもう忘れた？」

確かに子どもというのは、近い未来や将来についてはとんと無関心だ。いつだっていま目の前にある現実こそが最重要課題であり、それを栄養源にして生きているといってもいい。幼いころから翔太と一緒に遊んできて、そのことは肌身でわかっているつもりだった。

「そろそろ五郎丸のことも、真剣に考えないと」

話題を変えたとたんに亜子が黙りこむ。転勤の話が出てから二週間以上が経過していたが、これまで何回か水を向けたにもかかわらず、彼女はいつもあやふやな態度で話し合いを先送りしていた。

東京での住まいについては希望エリアを総務に伝えて、すでに物件探しを依頼してあった。一戸建てとマンションの両方をリストアップしてもらうように話していたのだが、その内容がメールに添付されて今日届いていたので、それをコピーして持ち帰っていた。

隆明は部屋からかばんを持ってくると、中から物件情報のコピーの束をとりだしてテーブルの上に置いた。

「物件リストが届いたから持ってきた。一軒家とマンションと、どっちも入ってるみたいだけど」

「けっこうたくさんあるんだね」

亜子が立地や間取りを眺めながらつぶやく。総務でリストアップしてくれた物件数は十件で、その中からよさそうなものをいくつか選んでおいて、家族で東京へ行って最終的に決めるつもりだった。

「早く決めないと時間がなくなるぞ」

「私もあれから、本当にいろいろ考えてみたわよ。でもやっぱり、あっちで大型犬を飼うのは無理だと思う」

「どうしてだよ。東京で大きな犬を飼ってる人なんて、それこそ数えきれないぐらいたくさんいるじゃないか」

「ほら、これ見てみて」

隆明自身ざっと見ただけで詳細までは読んでいなかった。妻が指さした一戸建ての資料を見ると、「ペット可」とある。

「飼えるじゃないか」

「でもここ、八王子だよ？」

「東京都内だろ」

「都内は都内だけど、二十三区じゃないじゃない」

「二十三区内で戸建てなんて無理に決まってる。いや、もしかしたらあるのかもしれないけど、それこそ虫眼鏡で見るように丹念に探さないと見つかるわけがない。そんなの短期間じゃとても無理だ。亜子だって東京暮らしが長いんだから、それくらいわかってるじゃないか」

「だから無理だっていってるんじゃない。私は今回は、二十三区内っていう条件は絶対に譲りませんから」

「どうしてそこまで固《こ》執《しつ》するんだよ」

「決まってるでしょう、翔太の学校を考えてのことよ。中学から私立に通わせなくちゃいけないんだから」

東京にいた頃、仙台への転勤が決まったときに彼女がもっとも嫌がっていたのが、私立受験が難しくなるということだった。だから初めは単身赴任まで検討したほどで、最終的には子どもがいちばん父親と一緒に過ごすべき時期だからという判断で、家族みんなで引っ越そうと決めたいきさつがあった。

「別に都立でもいいじゃないか。会社のやつらに話を聞いても、昔ほどひどくないっていうぞ」

「ひどいとかひどくないとか、そういう話じゃないの」

それから東京時代の友人の子どもが、Aという私立に通っていてすごくいい学校だけど、その友だちでBという私立に行った子のほうは悲惨らしい、というような話を聞かされるはめになった。隆明からみれば、たんなる噂話の域を出ていないと思われるものがほとんどだったが、母親どうしの情報がもっともリアルだしリアルタイムなのだと言われれば、その件に関しては返す言葉はなかった。

「とりあえず翔太のことは脇にどけておこう。いま話してるのは五郎丸のことだ」

「そんなの無理よ。翔太の学校の話は住もうとするエリアの話になるんだし、どこに暮らすのかっていう問題は、必然的に五郎丸につながってるんだから」

「わかった」隆明は片手をあげて言った。「きみは五郎丸を東京で飼うのは難しいと言う。だったら五郎丸はどうするつもりなのか、その意見を聞かせてくれ」

たっぷり一分ほど沈黙したのちに、亜子は言った。

「動物管理センターへ連れていったらどうかなって、思ってる」

また動物管理センターか、と思った。

「この間あなた、私が保健所へ連れていく気かって言ったでしょう。あんなこと言われてショックだったんだから」

「悪かった」

「だから、ネットでいろいろと調べてみたの」

仙台市は政令指定都市なので、この場合は宮城県と同等の扱いとなることから、動物に関する施設も別々になっている。動物愛護センターは宮城県の施設で、動物管理センターは仙台市の施設、そういうことらしい。

「私たちはいまのところ仙台市民だから、動物管理センターへ連れていくことになるんだと思う」

「殺処分されるんじゃないのか」

「ううん、そうじゃないの。どうしても飼えなくなった場合、引き受けてくれて飼い主も探してくれるみたい」

「そういえばさっき……」

五郎丸を散歩させていたときに話した、若い男のことをかいつまんで教えた。

「ああいう人が飼ってくれるのなら、安心できるんだけどな」

「きっとそういう人たちばかりなんだよ、きてるのは。だって、ペットショップじゃなくて管理センターへ行ってまで飼いたいと考える人っていうのは、処分される運命の動物の命を救いたいと考えてる人のはずだもの」

亜子の話にも一理あるが、所詮、言い訳に過ぎないのだと冷静に考えているもうひとりの自分がいた。この会話は最初から、五郎丸を飼えないという前提で進められているからだ。

飼いはじめた生き物は、最後まで責任を持って命をまっとうさせる。それはしごく当然のことであって、それができないのであれば初めから生き物など飼うべきではないと隆明は思っていた。ところがいま、まさにそうなろうとしている。

「正直なところを言えば、おれは東京へ行っても五郎丸を飼いたい。動物を飼うことは、翔太にとってもいい影響を与えたはずだし、これからも与えるはずだ。翔太と五郎丸、まるで兄弟みたいじゃないか」

「気持ちの優しい子に育つのは確かだと思う。あの子もそうだもの。でもね、やさしいだけで、これからのこの国で生きていけるかどうか、けっこう難しい問題だとも思う。やさしくさえ育ってくれればあとは何も望まないと、あなたは言い切れるの」

思わず言葉に詰まった。同時に、そんな自分を恥じた。おれは情けない父親だと、つくづく感じさせられる。彼女が話題の芯を微妙にずらそうとしていることに気づいていたが、しかしそれでも、息子に少しでもよい教育環境で育ってほしいと願う気持ちは、母親だろうが父親だろうが変わりはない。

「わかった、こうしよう。きみは管理センターのことを調べて、新しい飼い主が見つかりそうだったら、それを選択肢のひとつにしてもいい。おれはおれで、会社の同僚や仕事先や、行きつけの飲み屋で知り合った人たちに飼ってくれそうな人がいないか訊いてみる」

「里親捜しか。うん、それもいいかもしれないね」

「でも、それでも引き取り手が見つからなかったときは、五郎丸を東京へ連れていって家で飼う。そうしないか」

妻は肯定とも否定ともつかないようすで、目を伏せた。

†

「秋田犬でしょ？　知ってますよ。あれ、でかいですよね。うちはまだ子どもも小さいし、ちょっと無理かなあ」

もり蕎麦を口いっぱいにほおばりながら、若松《わかまつ》が言った。

「でも性格は穏やかだし、絶対に噛んだりしない賢い犬だぜ。うちも息子がまだ小さい頃に飼いはじめたけど、一回も噛まれたことなんてなかったから」

「それは矢作さんの家のことでしょう？　うちに来たら違うかもしれないじゃないですか。嫁さんも前から動物は飼いたいって言ってますけど、猫か、せいぜい小さい犬が希望らしいんで。ミニチュアダックスとか、けっこう高いらしいですけどね」

またかと思った。近ごろ犬を飼いたいという人種は、どうしてこうも血統犬にこだわるのか。というより、なぜ動物はペットショップから購入するものと信じ切っているのか。隆明が子どものころは、犬だって猫だって野良を拾ってきて育てるのがごくあたり前だった。

そんな話をしようとしたのだが、結局やめた。みずからの無責任を棚にあげて、会社の同僚に押しつけようとしているとしか受けとられないだろうし、事実そうなのだから。

「そうか、残念だな。誰か知り合いで飼いたい人がいそうだったら、教えてもらえると助かるんだけど」

わかりましたと、若松はあまり気乗りしないようすで答えた。もり蕎麦一杯でこのような問題を解決しようとした自分が、急に浅はかな人間に思えてくる。

新しい引き取り手は、その後もなかなか見つからなかった。

隆明もさすがに焦りはじめていた。社内外を問わず、誰彼かまわず話を持ちかけるようになっていた。候補は何人か現われ、つまり犬を飼いたいと考えている人はけっこういたのだが、具体的な話になるとみんな腰が引けたようになるのだった。

理由のいちばんは、やはり大型犬という事実だった。いよいよ最後の手段しかないのかなと、帰宅途中の地下鉄で考えた。もう動物管理センターへ望みを託すしかないのかもしれない。駅で降り、帰宅する人の群れに混じっていつもの道を家に向かっていると、少し先に、大きな犬を連れて歩く小さな姿があった。

翔太だった。小学三年生が散歩させるには犬のほうがあまりに大きく見えるし、実際翔太自身が心配する大人たちから何度も声をかけられているらしいが、五郎丸に限っていえばそれは杞憂《きゆう》といえた。

あえて声をかけずに、息子と犬の後ろ姿をゆっくり追いかけてみることにする。賢いこの秋田犬は、けっしてリードを張らせるような歩き方をしなかった。つねに人の気配をうかがいながら、まるで飼い主と寄り添うように歩くのである。だから散歩させるのが誰であっても、リードを引く腕力や体力はほとんど関係がない。特に翔太のような子どもの場合など、ときおりななめ後ろをふり返りながらペースを合わせる余裕さえ見せるほどなのだ。

夕焼けの坂道を、少年と犬とがつかず離れずの距離で歩いていく姿は、わけもなく心にじんと響くような、いい眺めだった。

「おーい、翔太」

声をかけると、びっくりして息子がふり返る。

「あ、お父さん。お帰りなさい」

「今日は翔太が散歩させてるのか。偉いな」

「別に偉くないよ。このごろは僕が散歩させてるほうが多いぐらいだもん。お母さんは箱に荷物を入れるので忙しいからって、サボってばっかりなんだから」

「引っ越しの準備だからな、けっこう大変なんだよ」

亜子とは、最終的な結論が出るまでは翔太に何も言わないでおこうと決めていた。できるならば嘘をつきたくはない、五郎丸のことは訊かないでくれと念じた。

「ねえ、お父さん。東京の家はどんなところ？」

不安そうな調子で翔太が尋ねた。嫌な話の流れになりそうだった。

「まだ、ちゃんとは決まってないんだ」

「僕は、いま住んでるような家がいいな」

「一軒家ってことか？　マンションとかじゃなくて」

「そう。ああいう木とか花とかがたくさんあって、犬小屋があるような家がいい」

「うーん」困ったことになりそうだ、と思う。「仙台と東京じゃ、住宅事情が違うからなあ」

「住宅事情って？」

東京は全体的に土地や建物の値段が高く、仙台はそれに比べれば安いのだというような内容を、できるだけ嚙み砕いて話した。どこまで本当にわかっているのかは別としても、息子は小学三年生なりの理解をしたらしかった。その証拠に、こんなことを言った。

「だったら、部屋の中でゴローを飼うことになってもしょうがないよね。僕はそれでもいいよ。でも、ゴローは体が大きいから狭くないかなあ」

飼いはじめた当初から息子は、犬の名を略してゴローと呼んでいた。あいまいに返事を濁そうとしたとき、家が見えてきた。

「僕、先に帰ってるからね」

そう告げて翔太が駆けだすと、わかっていたというように五郎丸も走り出す。

仙台へ来るまで、矢作家はマンションでしか暮らしたことがなかった。結婚した当初から隆明は犬を飼いたかった。しかし新婚の新居が、新築の賃貸マンションだったから亜子が反対した。せっかく床も内装もぴかぴかなのに、傷だらけになっちゃうじゃない、と。彼女自身も動物は嫌いではなかったから、家が少し古びてきたら飼おうかなどと漠然と話しているうちに子どもが生まれ、子育てでばたばたしているうちに転勤が決まった。

仙台で住まいを決めるとき、まずその家賃の安さに驚いた。当然マンション暮らしだろうと想定していたのだったが、ほぼ同じ金額で庭付きの、それも比較的新しい一軒家が借りられることを知り、夫婦で即決した。

そしてそのときすでに隆明は、念願の犬を飼う計画をひそかに立てていた。でっかい犬がいいと思っていた。それも、ペットショップで売っている高価な血統書付きの犬種などではなく、和犬の大きなやつがいい。

ある知人からの紹介で成犬を譲り受けることになり、妻と、まだ小さかった翔太に尋ねてみたところ二人とも大賛成だった。ただ亜子は秋田犬がこれほど大きな種類だとは考えていなかったらしく、実際に家に連れていったときには怖がってしばらく近づかなかったほどだった。

矢作家にやってきた秋田犬は、家族にさまざまなものを与えてくれた。与えてくれたというよりは、家族のいろいろな場面で欠かせない紐帯《ちゅうたい》の役割を果たしてくれるようになった。犬や猫はよく家族の一員と言われるがまさにその通りで、それ以上の存在になってくれた。

そんな五郎丸を手放さなければならない。隆明にとっては身を切られるような心境だった。そして息子に対して、父親としてきちんと犬の話を切り出せなかった自分を、また情けないと思った。

　夕食後、翔太が部屋へ入ったのを見計らって亜子に切り出した。

「五郎丸の件だけど、今度の土曜日に連れて行かないか」

「調べてみたけど土日は休みみたい。あそこもお役所だから」

　隆明はカレンダーを見た。

「今日は木曜日か。明日すぐにというのは無理だから、いちばん早くても来週の月曜日になるな」

　内心のどこかにほっとした気持ちがあった。気が重くなる用件はできるだけ先延ばししたいとの気持ちは、妻も自分も変わりない。

「マンションに決めよう」

　ずっと迷いつづけていたのだが、もう時間はほとんどなかった。総務からもせっつかれていたから、無理やりにでも結論を出そうと、あえて自分を鼓舞《こぶ》するためにそう告げた。

「本当に？」

「あの駅なら二十三区内だ。きみの厳しい条件も、ぎりぎりクリアだろう」

「うれしい。ありがとう」

「今度の日曜日、みんなで物件を見に行ってみるか」

「それなら、せっかくだから一泊してディズニーランドにも行こうよ」

亜子も翔太もディズニーランドが大好きで、これまで機会があるごとに遊びに行っていた。隆明は行列するのが嫌いだから好んで行きたいほどではないが、これも家族サービスだと思えば仕方がなかった。二年ぶりの東京暮らしに、やはりどこかで舞いあがっていたのかもしれない。


予定を変更して土曜日のうちに物件を二件見学し、その場で仮契約をすませた。あらかじめ亜子が入念に検討していただけあって、現地では必要最小限の確認をするだけでよかった。

ホテルに宿泊した翌日の日曜日、たっぷり夕方まで遊んでから帰途についた。帰りの新幹線に乗るとすぐに翔太がこんなことを言った。

「あの東京のおうちで、ゴローの部屋はどこ？」

「それは」

隆明が言葉に詰まっていると、亜子が助け船を出した。

「仙台に帰ってから、みんなで考えましょうよ。ね？」

うん、とうなずくと翔太は大きなあくびをして、うとうとしはじめた。ほっと胸をなでおろし、妻と目顔でうなずき合う。翔太に事実を告げなければならないときのことを考えるだけで、息子がどのような反応を見せるかを想像するだけで、とたんに深い憂愁《ゆうしゅう》の気分に襲われた。

缶ビールを口に含み、苦い思いと一緒に飲みくだす。一分もしないうちに翔太は寝息をたてはじめた。

「どうしよう？」亜子が小声で言う。

「どうしようも何もないだろう。いずれ、どうしたってばれるんだ」

「あなたから話して、お願い」

「まったく損な役回りだな」ついつい皮肉めいた調子になった。「そもそも飼えないと言い出したのはそっちなんだ。嫌な役目になるとおれに押しつけるんだからな」

「父親なんだからしょうがないじゃない。こういうことは、母親よりも父親からのほうが説得力があるはずだもの」

亜子もさすがに声に力がなかった。車内で食べようと思って買った弁当にも手をつけていない。

「それはわかってる。ただ、どんなふうに伝えればいいのかがわからないんだよ。まさか、おまえを私立の中学に通わせるためにマンションじゃなくちゃいけないから、犬は飼えなかったなんて言えないだろうが」

「そうね。そんなことを言って、この子が自分のせいで飼えなくなったって責任を感じたりしたら、かわいそうだもんね」

翔太の頭をやさしく撫でながら彼女は言った。

「一人っ子のこいつにとっては、五郎丸は兄弟みたいなものだったからな。どっちが兄貴で弟かは知らないけど」

すでに五郎丸のことを過去形で話してしまっている自分を嫌悪した。そして先日帰宅途中で見かけた、翔太と五郎丸の散歩姿を思い出していた。人か犬かの違いがあるだけで、本当に心の通った家族のような、風景にぴたりと馴染んだ、愛しくなるような後ろ姿だった。

「私だって、本心を言えば飼いたいんだよ。せっかくうちにやってきたペットなんだから、最後まで責任持って飼いたかった。けど、仙台と東京では住宅事情が違いすぎるから、しょうがないんだもの」

わかっていると言いかけて、本当にそうだろうかとあらためて自問した。住宅事情の違いが、本当に今回の根本的な原因なのだろうか。きりのない堂々巡りを終わらせようと、隆明は頭を強く左右に振った。

「やめよう。もう決めたことなんだ。翔太にどんなふうに話すかはおれが考える。どっちにしたって、この子の気持ちを傷つけずに本当のことを伝えることなんてできないんだから」

しばしの沈黙のあと、亜子がぽつりと呟いた。

「次の飼い主が、いい人だといいけど」

「大丈夫だ」いつか散歩で出会った若い男を、なかば念じるように思い浮かべる。

「ああいうところへきて犬を引きとりたいって人に、悪い人がいるはずがない」

最後は、自分に嚙んで含めるような調子だった。自分たち家族と別れることになっても、五郎丸はきっと幸せに生きてゆくはずだ。みずからの無責任は充分にわかっているが、それでもそう信じたかった。

†

引っ越しまであと一週間と迫っていた。翔太が夏休み明けからきちんと学校へ通えるように、住民票や転校のための手続きも終えて、あとは家族で東京へ向かうばかりになっていた。

その日は朝から落ち着かなかった。管理センターへ五郎丸を連れていくのを事前に覚られないよう、二人で神経を使った。

新幹線の中で啖呵《たんか》を切ったはいいものの、とうとう今日まで翔太には告げられずにいた。これではまるきりの騙し討ちだなと自嘲気味に考えつつ、五郎丸の食事を持って庭の犬小屋へ向かった。これがこいつにやる最後の食べ物かと考えていると、さすがに胸が詰まる思いがした。

この犬が生まれてからここに至るまで、いったいどんな育ち方をしてきたのかは知る由もないが、ドッグフードのたぐいがあまり好きではない犬だった。矢作家に来た当初はあらゆる種類のドッグフードを試したのだが、つまみ食いのように口にするだけで、とても大きな身体を維持できるほどの量は食べてくれなかった。

ずいぶんと試行錯誤を重ねた末にようやく辿り着いた食事が、魚のアラを煮込んだものにごはんを混ぜるという、いわゆる猫まんまだった。隆明がネットで調べてみて、特に和犬などの場合で食が細いときなどに一度試してみる価値があると書かれていたのを見つけ、その通りに亜子に作らせてみたのだった。

半信半疑のまま材料を揃えてキッチンでアラを煮込みはじめたとたん、五郎丸が立ち上がってそわそわしはじめたのには驚いた。できあがるまでの間、五郎丸がめずらしく犬小屋のまわりをうろうろ回っているようすが、巨体に似合わずかわいらしかったのを憶えている。作ったものをだして、それまでの小食をとり戻そうとするような勢いで食べている姿を初めて目の当たりにして、隆明と亜子は顔を見合わせて笑ったものだ。

その、いつものレシピを食事用ボウルに山盛りにしてさし出すと、五郎丸は一度隆明を見あげて、まるでお礼をするように二度うなずいてから、おもむろに食べはじめた。

「もしかして、わかってるのか？　そうだよな、頭のいいおまえのことだもんな。手放すと決めたときから、きっともうわかってたんだよな」

亜子はベランダからようすを見ているが、出てこようとはしなかった。隆明が手招きをすると、泣きそうな顔でサンダルを履き、近づいてくる。

「お別れだ。最後ぐらい撫でてやれよ」

うん、と答えたとたんに亜子は泣きはじめた。ボウルに突っ込んでいた鼻先をあげて、五郎丸が彼女を見つめている。不思議なものでも見るような、逆にいたわってくれているような複雑な眼の表情だった。

ごめんねと繰り返しながら、頭を、背中を、横腹を、あごの下を撫でてやるようすを眺めながら、どうしてこんなことになってしまったのだろうと、いまさらともいえることを隆明は考えていた。

ペットだ、家族の一員だと口では言っていたくせに、心の底の底では、やはり人と動物とは違う存在なのだと考えていたのだろうか。いくら生き物を家族同様に扱うと言ってみたところで、いったん人生における大きな局面が出来《しゅったい》してしまえば、やはり人のほうを優先させるのか。

当然といえば当然なのかもしれない。だが、その本心を隠そうとしていたことが問題なのだと思った。隠すというよりも、あえて気づかないふりをしたまま飼いつづけてきたというべきかもしれない。

「翔太が帰ってきたときには、もう五郎丸はいない。ずるずると先送りにしてきた問題を、今日は片付けなくちゃいけないな」

食事が終わり、出かける準備をして、五郎丸を車に乗せた。管理センターまでは二十分ほどで着いた。

車中でも五郎丸は静かで、開けた窓からわずかに鼻をだして外の匂いを嗅いでいた。駐車場に車を停めてエンジンを切る。隆明は運転席を降り、後部座席にのせていた五郎丸を車から降ろした。

施設の中から犬の鳴き声が聞こえてきたとたん、五郎丸は動かなくなった。

「おい、五郎丸」

「わかってるのよ、捨てられるって」

助手席側から回ってきた亜子が言う。声は低く沈んでいる。てこでも動かないという雰囲気だったから、いったん諦《あきら》めてもう一度車に乗せた。

二人で施設の受付へ行くと、作業服を着て長靴をはいた係員らしき男がでてきて言った。

「どのようなご用件ですか？」

「あの、犬を引きとってもらえないかと思って連れてきたんですが」

とたんに係員の眉間にしわが寄った。

「引きとるって、うちへ置いていくという意味でしょうか」

「ええ、そういうことになります」

「困るんですよねえ、そういうの」

係員は露骨な嫌悪感《けんおかん》を顔に現わして、それから中へ入るようしぶしぶ促した。隆明と亜子は身をすくめるようにして、事務所の簡素な応接用ソファに腰をおろした。亜子はずっとうつむいたままで、ひと言も口を開こうとしなかった。

「犬はいま連れてきてるんですか？」

「そうなんですが、車からだしたら歩こうとしなくて」

「そりゃそうでしょう。彼らは人間よりはるかに勘が鋭いですから。飼い主に捨てられると気づいてるんですよ、きっと。どうして飼えないということになってしまったんですか」

「九月一日付で、東京へ転勤が決まったものですから」

「ははあ、転勤ですか。だったら何も問題はないでしょう、東京へ一緒に連れていって飼えばいいだけの話です」

「それが、新しい住まいがなかなか条件の合うものが見つけられなくて。大型犬を飼える家が、見つからなかったんです」

「犬の種類はなんですか」

「秋田犬です」

「秋田犬。いいですなあ秋田犬は、わたしも大好きな犬種です。非常に賢いしね。なにマンション住まいだって、散歩にさえまめに連れていってあげるようにすれば飼えないことはないです」

「それがそうもいかなくて」

横目で妻を見た。どう説明すれば納得してもらえるのか、助けを借りたかったのだが、膝の上で両手を固く結んでうつむいている。まさか息子の通学と会社通勤の便を優先したから飼えなくなった、とはとても言えない。

「この施設は、飼い主がどうしても飼えなくなった場合には仕方なく引きとることにしてはいますけれど、お宅さまのようなケースではぜひ考え直してもらいたいと思いますな」

「でも、うちも家族で考えた末の結論なんです」

係員は白髪の混じった頭を掻いて、少し間を置いてからこう言った。

「うちにいるのは、野犬がいると通報が入って捕獲したもの、それから飼えなくなったということで持ち込まれる犬がほとんどです。野犬といっても、昔は農家の人なんかが庭先で放し飼いにしていたものが逃げたというケースが多かったんですが、最近は動物愛護のための法律が整備されたこともあって、簡単に捨てたりするような人はほとんどいなくなりました。それにここで引き受けているのは、基本的には仔犬です。成犬もいないわけではないですが、おもに小型犬、せいぜい中型犬ぐらいまでですしてね。それからうちのような施設と聞けば、すぐに殺処分を連想する方が多くて困ってるんですが、犬や猫の命を救いたいといちばん強く願っているのは、じつは我々なんです。この気持ち、わかっていただけますでしょうかね」

こくりとうなずいた。

「なぜ仔犬や小型犬かというと、そういう犬は引き取り手が多いからなんです。どこのセンターでもそうだと思いますが、うちでも犬の譲渡会というのを定期的に開催してます。捕獲された犬もいれば、あなたのご家族のように飼えなくなったといって持ち込む犬がいるのも事実で、だからそうした場合に次の飼い主さんを見つけてあげる手助けをすることが、結果的に動物の命を救うことになります」

「だから私たちも、ぜひ次の飼い主さんを探してもらえないかと思って、それで辛いのを我慢して、こうして連れてきて……」

「譲渡会は」隆明の言葉をさえぎって、係員は諭すような口調でつづけた。「保護された犬や猫がいる場合に限られますし、例えば四頭の犬に十人以上の飼い主希望者が集まることもあるほどです。そういう場合は抽選になりますが、そうして引きとられていく犬たちは幸せなんですよ。かなり幸せなほうです。おかしな言い方になりますが、人気のある犬に集中して、譲渡会へきてくださった希望者は多いのに、最後まで誰にも選ばれない不人気な犬もいます。特に大型犬の成犬なんかは、我々としても万一事故が起きたりした場合を考えると、非常に怖いんですよ。そしてこれがもっとも大きな理由ですが、これまでの経験では、大型犬の成犬は引き取り手がほとんどいません」

「え、そうなんですか」

考えもしていなかった話だった。犬の大きさによってそれほどの違いがあるとは思いもよらなかった。亜子に事前に調べておくように伝えておいたはずだったが、そういうことまでは確認しなかったのだろうか。

「そうです。万一うちで引き受けたとしても、引き取り手が現われなかったらどうなると思いますか」

「殺処分、ですか」

隣で亜子が、ぴくりと身体を震わせた。係員は顔を引き締めて、大きく何度もうなずいてみせた。

「だからそういうことにさせないためにも、こういう施設へ犬を連れてくればきっと飼い主が現われるなどという、安易で短絡的な考えは持たないでいただきたいのです。さっきも申しましたように、ここで一時的に預かって新しい飼い主さんの元へ引きとられていく犬は、全体からみれば本当に幸せです。非常に運がいい犬といってもいいほどだ。ペットを飼う基本は、あなた方もご存じだと思うんです。いまさら言うまでもなく、犬も猫も命ある生き物です。一度飼ったら生涯責任を持って飼いましょうと、いろんなところで啓発活動もしてるじゃないですか。殺処分がまるで悪いことのように言われますが、誰が好きこのんで殺したがるもんですか」

係員はそこで隆明と亜子の顔を交互に眺め、言葉が頭に沁みこむのを待つように間をとった。

「一番殺処分を望んでいないのは、犬自身です。そして次に殺処分を望んでいないのが、誰かわかりますか」

隆明は黙って相手を見つめた。

「センターの人間、つまり我々ですよ。係員も獣医さんもボランティアの方々も皆、ここにいるのは動物が本当に大好きな人間ばかりです。犬や猫を愛する者が、みすみす処分されていく動物たちを救えない。その気持ち、ほんの少しだけでいいからわかってもらえないでしょうか。そこのところをもう一度帰って話し合ってもらえれば、我々としてもありがたいのです」

係員の話しぶりは激高するでもなく、かといって突き放すというのでもなかった。ただ、辛く苦い経験を積み重ねざるを得なかった人だけが持つ、説得力があった。

「帰りましょう」

唐突に亜子が言った。隆明は驚いてまじまじと横顔を見た。

「五郎丸を連れて、もう帰りましょう」

考え直してみると告げて、事務所を出た。動物と触れ合えるコーナーが設けられていたので、隆明は亜子に寄っていかないかと誘ってみたが、すっかり意気阻喪したらしい彼女は車の中で待っていると言った。

触れ合いコーナーには犬や猫だけでなく、羊《ひつじ》や小鳥などの姿もあった。七匹の仔犬が柵の中にいて、平日だというのに学生服姿の高校生が撫でていた。子ども連れの家族や老夫婦の姿もあるが、入口に近い場所にはロープでつながれた三匹の犬がいた。譲渡用の成犬と書かれたカードがあり、やはり小型犬と中型犬だけである。

隆明が近づいていくと、ビーグル犬が柱のまわりをさもよろこんでいるという風情で、くるくる回りはじめた。撫でてやると手のひらをぺろぺろと舐《な》めてくる。ざらざらした舌の感触と、体温を感じた。確かにこいつも生きているな、と思う。

この犬たちはいったいどういう経緯でここにいるのだろうと、自分たちのことを棚にあげてそんなことを考える。飼い主が捨てるために持ち込んだのだろうか。それとも、どこかで捕獲されてきたのか。どういう背景があって、ここにいるのだろう。

家に帰ってからも二人の気持ちは萎えたままで、どちらもその話を持ち出そうとはしなかった。


そして、そのまま何日かが過ぎた。決断をずるずると先延ばしにしたまま、引っ越しの日は目前に迫っていた。

その日の夜、さすがにこれ以上このままにしておくわけにはいかないと考え、翔太が寝静まった頃合いを見て妻に告げた。

「もうそろそろタイムリミットだ。決断しよう」

「決断といったって、あなたはどうすればいいと思ってるの」

「やっぱり東京へ連れていって、これからも一緒に暮らすんだ。隠れてペットを飼ってる人も必ずいるはずだから、大丈夫だよ」

「ぜんぜん大丈夫じゃない」

亜子は頭を振って否定した。あまりに強い拒絶だったので、隆明は驚いた。

「どうしたんだよ、いったい」

「じつはこの間仲介してくれた不動産会社の人が、マンションの管理会社の連絡先を教えてくれたの。引っ越しの荷物を搬入するときに注意することとか、そういう話を聞くために。相手は、マンションの管理室の責任者という人だったけど、そのときに強く念を押された。ペットは絶対禁止ですから、って」

「そりゃあ表面上はそう言うさ。というか、言わざるを得ないだろう」

「だからそうじゃないのよ。あのマンションには、犬の毛でアレルギー症状を引き起こす人が住んでるって」

一瞬、頭に空白が生まれた。話に聞いたことはあるが、まさか自分たちが住む新居に。

「管理人の人が話好きのおじさんらしくて、いろいろ話してくれたんだ。あそこに私たちは賃貸で入居することになるけど、建てられた当初は分譲マンションだったそうなのね。当初はペットの件もけっこう曖昧だったみたいなんだけど、何年か前に越してきた人が隠れて犬を飼っていたらしくて、それがアレルギーの人の喘息《ぜんそく》を引き起こして救急車で運ばれたみたい」

「隠れて飼ってたのに、どうして別の住人がアレルギーになるんだよ」

「飼ってた人が、エレベーターにこっそり乗せて散歩に連れていっていたみたいなんだけど、たまたま直後にそれに乗ったアレルギーの人が喘息の発作で呼吸困難になってしまって、すごく大変な騒ぎになったみたい。そうしたらもうひとり、動物の毛のアレルギーという人がでてきて、それ以来ルール厳守が徹底されるようになったという話だった。だからそれ以来、管理室もぴりぴりしてると言ってた」

「非常階段で上り下りすれば大丈夫じゃないか、エレベーターを使わないで」

「私たちが住むのは十四階よ？　散歩のたびにそんなことができるって、本気で思ってるの」

「でも、やるしかないんじゃないのか」

「いつもそんな勝手なことばっかり言って！」亜子がテーブルを両手で叩いた。「あなたが散歩させるのなんて週に一度もないでしょ。ほとんど私か翔太が連れていってるじゃない。それとさっきの絶対禁止の話に戻るけど、結局話がこじれたのは、アレルギーだった人が分譲組で、ペットを飼ってた人が賃貸組だったという背景があったんだから」

「つまり、あのマンションにはそういう目に見えない派閥みたいなものがすでに存在しているってことか」

「そうなんでしょう、知らないけど。でもそんなの簡単に想像がつくわよ。同じマンション内に買った人と借りてる人が住んでいたら、どう考えたって借りてるほうの肩身が狭いに決まってる」

隆明は首筋を掻いてから言った。

「なんだか、住みにくそうな新居を選んじまったな。そういう裏事情がわかってたら、よその物件を当たったのに」

「でも翔太のこととか通勤のこととか考えて、駅からの近さとか築年数とか家賃も含めて総合的に考えたら、あのマンションが一番だった。それは間違いない。それにあのときは、五郎丸を連れていかないという前提だったたじゃないの」

今度の物件選びで主導権を握ったのは、世間の大方がそうであるように、妻のほうだった。もちろんそれが言い訳であることに、隆明自身も気づいてはいた。

実際に東京の不動産事情を目の当たりにしてみて、肌身に沁みてわかった。たとえペット可のマンションだとしても、秋田犬であることを考えれば明らかに狭すぎて大きなストレスを与えてしまうはずだし、成犬の糞尿の量はすごくて、その点から考えてみても非現実的といえた。一軒家を借りるとなると、よほど築年数が古いものでもなければ夢のまた夢という話だと気づくのに、さほど時間はかからなかった。

「八方塞《はっぽうふさ》がりだ。まいったな」隆明は頭を抱えこんだ。「あと数日しかないっていうのに、どうすりゃいいんだよ」

二人はすっかり堂々巡りの円の中をさまよっていた。しばらく黙りこんでいたが、亜子がぽつりとこんなことを言った。

「五郎丸って、自分で餌をとれるのかな」

「どういう意味？」

「森とか野山とか、そういう場所へ行ったら何か他の生き物を捕ったりできるのかな、と思って。ほら、いつだったかあなたが話していたことがあったじゃない。車でどこかへ連れていったときに何かを口でくわえてきて、すごく五郎丸が生き生きしてたって」

「ああ、あったな」

一ヵ月に一度ぐらい、五郎丸を放して思いきり遊ばせてやるために家族全員で山や海へ出かけるようにしていたのだったが、たまたま隆明が休日にひとりで連れ出したことがあった。

仙台の西の外れにある川原へ連れていったとき、しばらく姿が見えなくなっていた五郎丸が、心配した頃になって戻ってきた。捕まえた野生の兎が口にくわえられていて、すでに息絶えていた。まっ白な毛が血で染まっているのを見て、気味が悪くなった隆明は放すように言ったのだが、草むらの中へ持っていって食べたらしかった。

「あのときはちょっと気持ち悪かったけど、あとから考えたよ。五郎丸は苦労してようやく捕まえた獲物を持っていったのに、どうして褒めてくれないんだろうと不思議だったんじゃないか、ってさ」

「あの子だったら生きていけるんじゃないかな」

さっきから薄々勘づいていたが、気づかないふりをしていた。しかし事ここに至っては、これ以上そうしているわけにいかなかった。

「山に捨てることを、考えてるのか」

彼女は否定も肯定もせずに、こちらの目をじっと覗きこんだ。いつまで逃げてるつもりなの、とでもいうように。決断するのは、夫であり父であるあなたの役目なのよ、とでもいいたげに。

隆明は言った。

「動物管理センターに無理にでも置いてきて、新しい飼い主がでてくる可能性と、森に捨てて五郎丸が自分の力で生きていける可能性と、どっちが高いだろう。つまり、五郎丸がおれたち家族から離れても、このあとも、ずっと生きつづけていく可能性の高いほうを選ぶべきなのかもしれない。どう思う？」

「私としては」

亜子はいったん言葉を切った。気軽に答えてはいけない問題だと、気づいたらしかった。

夜中の十二時を回っていた。隆明は引っ越し前後の十日間を、有給休暇の消化も含めてとっていたから明日も出社しないですむが、まさかこれほど引っ越し直前まで仙台に居残ることになるとは考えてもいなかった。

「酒でも飲むか。やりきれない話になりそうだ」

「私はいりません。お酒の力を借りて決めたって、あとで自分で後悔するのは絶対嫌だから」

ビールをとり出そうと開けた冷蔵庫の扉を、隆明はそのまま閉めて、椅子に戻る。

「確かに、アルコールに逃げようとするのは卑怯《ひきょう》だった」

ここから先の結論がどうであれ、自分と妻とがきわめて卑劣な行為に手を染めることに間違いはないだろうと思った。だからこそしらふでいなければならないという、彼女の言い分もよくわかる。

「センターの係員の人の話を聞いた限りでは、秋田犬の成犬がもらわれていく確率はきわめて低いだろう。譲渡会に何度もだされて、それでも飼い主希望者が出てこないときは」

その言葉を言いたくなくて、隆明は口をつぐんだ。自分はどこまで弱い男なのだろうか。

「私はね、五郎丸にとってどっちが幸せなんだろうって考えてみた。東京の住まいを選ぶのに、立地や環境を含めて、私のほうが強引に主張したのはわかってる。でもそれはあくまでも家族のことを、あなたや翔太のことを第一に考えていたつもり。もちろん私自身のわがままが入ってることだって知ってる。でも、とにかくもう飼えないことは事実として確定してしまってる。だからあと私たちにできるのは、犬が少しでも幸福に生きられるように考えてあげることぐらいじゃないかなって」

†

引っ越しの前日だった。明日の朝引っ越し業者がきて、荷物を積み込むのを見届けてから家族で東京へ向かう予定だった。

翔太は朝からそわそわしていて、何度も犬小屋へ足を運んでいた。東京の家では犬を飼えないから、仙台の知り合いの家に飼ってもらうことになったと話したときは、しばし訳がわからないという顔をしてから、声をあげて泣きだした。

翔太も一緒に行くといったものの、クラスの友だちが開いてくれる送別会に出なくてはいけないから無理だと、亜子が言い聞かせた。

「ねえ、お父さん。ゴローは幸せになれる?」

朝食後、翔太が突然そんなことを訊いてきた。うろたえそうになるのをこらえて、さり気なく、しかし力をこめて答えた。

「犬の気持ちは人間にはわからない。でもな、お父さんはきっと幸せに生きていけるはずだと思ってる」

「どうしてそう思うの」

「五郎丸がこれから住む場所は、自然がいっぱいだからだ」

「自然がいっぱいだとゴローは幸せなの？」

「山や海へ連れていったときの、五郎丸の楽しそうな姿を憶えてるだろう。犬は家の中にいるより、自然の中にいるほうがうれしいんだよ」

息子に向かって嘘をついているというよりも、自分自身を欺《あざむ》いている行為だと思えてきた。

「今度の家は、うちよりも大きい？」

「ああ。比べものにならないぐらい大きい。走っても走っても走りきれないほど広いんだ。五郎丸はもともとは仙台の西のほうにある、山の奥で生まれて育った犬らしい。山や森や渓流《けいりゅう》の中で遊びながら育ったから、言ってみれば野生児だな」

「野生児ってなに？」

「野山で、自由にのびのびと育った子どものことさ。だから元気で逞《たくま》しい。ほとんど放し飼いのような状態だった。けど、いつもお母さん犬や兄弟犬と一緒だったから、いろんな知恵が身についてるんだ。だから初めてうちにきたときだって、うんちやおしっこの場所をすぐに憶えただろう。だからもちろん、自分で餌をとる方法だってわかる。兎だって鳥だってなんだって、捕まえて食べちまう」

「でも餌はくれるんでしょう。新しいうちで」

「もちろんだ」

翔太の顔に影がさしていた。家を出るまでの間に何度も何度も五郎丸に抱きついて、最後はとうとう号泣《ごうきゅう》してしまった。涙と鼻水が混じった翔太の顔を、五郎丸はぺろぺろとなめた。

送別会の時間に間に合わなくなるからと急かされて、後ろ髪を引かれるようなようすで出かけていった。無言のままコーヒーを飲んでから、隆明と亜子は五郎丸を乗せた車をだした。

「一つの嘘は、三十の嘘を連れてくるって何かで聞いたけど、ほんとね」亜子がぽつりと洩らした。「うちのお父さんとお母さん、息子に嘘ばっかり言ってる」

「これからは、嘘つきは泥棒のはじまりだなんて言えなくなるな」

湿った笑いが車内を満たした。それきり黙りこんでハンドルを握った。西公園を過ぎ、西道路の青葉山トンネルを抜けて、国道四八号線を西へ向かった。最初は住宅が多かったが、徐々に田んぼや林が多く目に入るようになってくると、道路は上り坂が増えてくる。

熊ヶ根《くまね》で道を右に折れて十分ばかり走ると、やがて大倉ダムが見えてきた。だんだん細くなってきた道路をさらに進んでいくと、不意に大きな駐車場へ出た。定義如来《じょうぎにょらい》西方寺《さいほうじ》、通称、定義さんと呼ばれる山奥の寺院だった。

　旧本堂前の通りは小さな門前町で、他県からも参拝客が訪れる観光地のようになっており、駐車場には団体客用の大型バスが何台も停まっていた。

「ここは？」亜子が訊いた。

「定義さんって聞いたことはないか」

「ううん、初めて。どうしてこんなところにきたの？」

　駐車場に車を乗り入れて車を停めてから、隆明は答えた。

「ここでお参りしていこう」

「お参り？」

「五郎丸が生きられるようになって、ひとりになっても無事に生き延びられるようにって、お願いするんだ」

　参拝客で賑《にぎ》わう境内に入り、本殿まで行って賽銭《さいせん》に千円を奮発してから手を合わせた。隆明は犬の無事を祈った。どうにか天命を全うできますようにと、心の中で願った。亜子も神妙な顔つきで手を合わせていた。

　車に戻ると後部座席で五郎丸が静かに待っていた。

「本当におまえは賢い子だな」隆明は誰にともなくつぶやいた。

「ここで放してやるの？」

「まさか」車に乗り込みながら答える。「もう少し先まで行く。川原に降りられる場所があるんだ」

ふたたび車を走らせながら隆明は言った。

「定義如来っていうのは、平家《へいけ》の落人《おちゅうど》が住み着いた里だと言われてるそうなんだ。壇《だん》ノ浦《うら》の合戦で負けて、源氏《げんじ》の追っ手から逃れてここまで敗走してきたんだな。他に何人も平家の人間が落ち延びてきたらしいけど、生き残ったのは平貞能《たいらのさだよし》という人とその従者だけだったって。だから、五郎丸もそんなふうに生き延びてほしいと思った。まあ、ただのこじつけだけどね」

「気持ちはわかる。けど、どうしてここを選んだの」

「去年、会社の行事で芋煮《いもに》会《かい》をやったときにこの辺まできて、そのとき帰りにあの寺に立ち寄ったんだよ。けっこう山奥だけど、なんとなく広々とした景色が気に入ってさ」

やがて道の左側に、開けた川原が見えてきた。右手には鬱蒼《うっそう》とした深い森が広がっている。川原に車を乗り入れて停めた。

「五郎丸が餌をとれなかったとき、ここから定義如来あたりまでなら楽に走っていけるだろう。最悪の場合を考えても、人がいて店もあれば何かしらの食べ物にありつけるんじゃないかと思って」

後部座席のドアを開けると、五郎丸が飛び出すように降りてきた。人気のない川原や海へ連れていくときのように、よろこび勇んで川へ駆け出すのかと思っていると、彼はそうしなかった。

足元の土の匂いを嗅ぐように、鼻先を地面にくっつけている。そしてときおり、不安そうな眼で隆明たちを見あげるのだった。

「やっぱりおまえは頭がいい。もう、ちゃんと気づいてるんだ」

五郎丸と呼びかけて、亜子が首のあたりに抱きつく。しばらくの間そうしていたが、やがて思いを吹っ切るように立ち上がった。隆明は地面に膝をつけてしゃがみこむと、五郎丸と同じ目線になってしばらく見つめ合った。

きれいな眼だな、とあらためて思う。濁りも汚れもない、深山の泉を思わせる透明なまなざしだった。

そしてその瞳の奥には、かすかに哀しみの光が宿っていた。本当に、すべてお見通しなのだと感じた。

首筋を抱いて、背中から腹にかけてさすってやると、五郎丸は気持ちよさそうに眼を細める。五分か、十分か、ずいぶん長い間そうしていた。彼は身じろぎひとつせず、薄情な飼い主の最後の愛撫《あいぶ》に身をゆだねていた。

「お別れだ、五郎丸」

立ちあがって犬のそばを離れる。まるで何もかもを知っているような表情で、五郎丸はその場にじっと佇んでいる。みずからの運命をさとり、諦観しているか。

「行け」

右手で合図すると、五郎丸は小首をかしげるような仕草を見せた。彼の眼は、まだ隆明を見ている。

「頼む、おまえのほうから行ってくれ。おれは、おまえをここに置いたまま車を出すことなんてできないんだ。さあ行け、行ってくれ」

そのとき五郎丸が静かに近づいてきて、ハンカチに顔をうずめている亜子の周囲をひと回りした。ズボンの裾に鼻を近づけるようにしている。次に隆明のところへくると、やはり同じように身体のまわりをひと回りする。飼い主だった者の匂いを沁みこませている、とでもいうように。

五郎丸はきびすを返すと、車の横を通りすぎて道路を渡った。その向こうには深い森がある。無数のブナやミズナラの木々が濃い緑をつくりだしていたが、落葉樹の森ならではの明るさがあった。それがせめてもの救いのような気がした。

彼は森の入口にさしかかったところで立ち止まり、一度だけ首を回してこちらを振り向いた。

お願いだ。生き延びてくれ。

隆明は心の中で叫んだ。何度も何度も叫び、山の神さまに祈りを捧げた。森の下生えの間に、白い大きな身体は見え隠れしながら、やがてふっと視界から消えた。

「本当に、すまない」

白い姿が消えたとき、隆明はその場にひざまずいて呟いた。亜子は耐えきれなくなったのか、森に背を向けて泣いた。

そのとき森の中から、犬の鳴き声が聞こえてくる。

狼の遠吠えのように声は長く尾を引き、やがて森の奥に吸い込まれるように消えていった。声は一度きりだった。

「私たち、とうとう五郎丸を捨てちゃったね」

亜子は涙声のままで、森を放心したように眺めた。

「そうじゃない。捨てられたのは、おれたちのほうだ」

妻と同じ方向に視線を固定したまま、隆明は言った。

「卑怯で身勝手な人間のおれたちを、あいつは見捨てたんだ」

さっき五郎丸と見つめ合ったとき、身体を撫でていたとき、強く感じた嘘偽りのない本心だった。もうひとつ、はっきりしていることがある。それは、これでもう自分は一生犬を飼う資格を失ってしまったということだった。

山道を下る車の中で、こんなことまでして守りたかったものとは何だったのだろうかと、隆明は考えている。おれたち家族は犬を捨て、犬に捨てられることで、いったい何を手に入れたというのだろう。

第五話　相談者

「あなた、もしかして、この間もこの電話で話した女の人かな？」

　受話器の向こうで、か細い声の女性が尋ねた。まだ若い。

「こちらで電話を受けている者は何人かいますし、基本的には、電話をかけてきてくれた方の名前をこちらから訊くこともないんです。だから確認のしようがなくて、そうですともそうじゃありませんとも答えようがありませんけど」

「でも、わたし、憶えてるよ。あなた、葛西さんでしょう？　葛西みすずさん。この間わたしが名前を訊いたとき、教えてくれたもの」

「ええ、私は葛西みすずといいます。それじゃ前にこの電話にかけてもらったときも、たまたま私が受けたということですね？」

「そう。なんか運命みたいなものを感じるよね」相手の女性はそこで、こほんこほんと小さく咳《せ》き込んだ。「ごめんね。ちょっと風邪《かぜ》をひいちゃったみたいなんだ。ただでさえ毎日何をする気力もでてこないっていうのに、体調まで悪くなって、何もかもが嫌になってくる」

「熱はないの？　体温、測りました？」

「心配してくれるんだ」

「それはそうです。電話だと声しかわからないから、かえって気になるものだし」

「心配してくれる人がいると思うとうれしいな。たとえそれが、赤の他人だとしても」若い女はそんなことを言った。「わたしのこと心配してくれる人なんて、いま現在のこの世界にはひとりもいないはずだから。電話の話だけでも、口先だけでも、そう言ってくれる人がいると思うと、ちょっと元気が出てきた」

「口先だけなんかじゃないですよ」彼女の険《けん》のある言い草にも、不思議と腹は立たなかった。「病気になったときって心細いですから、本当に。とにかく風邪薬、飲んだ方がいいですよ」

「風邪薬なんてうちにはないよ。あれって、けっこう値段が高いでしょう？　わたしすごく貧乏な人だから、そんな余裕ない」

　みすずは思わず返答に詰まった。この長引く不景気の中で、あまり表面化してはいないというが、特に独身女性の経済状態が著《いちじる》しく悪化しているという記事を、ネットのニュースで読んだのを思いだした。

「それだったらせめて生姜湯《しょうがゆ》を飲むとか、とにかく温かいものをお腹に入れて、身体を中から温めないと」

「なんだか、お母さんにお説教されてるみたい。わたしのお母さん、中学校のときに死んじゃったんだけど……ねえ、この電話ってさ、こんなとりとめのない話をしててもいいの？」

「大丈夫ですよ。悩みごとを抱えている人だったら、どんな人でも電話してもらっていいんですから」

「ありがと。でもね、こうして誰かと話してるときだけはちょっとだけ明るい気持ちになれる気がするんだけど、じつはそれはただの錯覚《さっかく》っていうか、ほんの一時的なものなんだ。自分でもそれはわかってる。だから電話を切ったら、またすぐに暗い気分に逆戻りするだけ」

彼女の声としゃべり方を聞いているうちに、少しずつ前回話したという記憶がみずの中によみがえってきた。この若い女性に対しては、気をつけて注意深く言葉を選ばなくちゃいけないぞと、あらためて言い聞かせる。あまり丁寧すぎる他人行儀な話し方ではなく、なるべく友人のような気持ちで接するのだ。

「それだったら、少しでも長くこの電話で話しましょう。そちらの電話代は少しかさむかもしれないけど、それで心が少しでも前向きになるんだったら、ちょっとは意味があることじゃないのかな」

「葛西さんは……あの」彼女は、ややためらった後にこう言った。「みすずさんと呼んでもいいかな？」

「そのほうが話しやすいというのであれば、私のほうはそう呼んでもらっても全然かまいません」

普通であれば相手の名前を訊き返すところだろうが、この電話ではそれはご法度《はっと》である。相手が進んで名乗ってきた場合はメモに残すぐらいはするが、少なくともこちらから相手の身辺情報、特に身許を特定できそうな情報を根掘り葉掘り訊き出すことは固く禁じられている。

「みすずさんには家族はいる？　ご主人とか、子どもとか」

「私も、ひとり暮らしの独身だよ。だから家族はいません。あ、でも家族といえば家族と呼べそうな犬と、一緒に暮らしてるんだ」

「へえ、犬かあ。いいな。なんていう種類？」

「秋田犬です」

「秋田犬？　初めて聞く」

「ほら、渋谷に忠犬ハチ公前ってあるでしょう。あの銅像の元になったのが、秋田犬なんです。知ってました？」

「知らなかった。渋谷は、高校の修学旅行のときに行ったけど……まあいいや」

高校時代にあまりいい思い出がないのだろうかと、勝手にそんな想像をしてみる。

「秋田犬っていうのはけっこう大きくて、女の私が散歩に連れて歩いてると、けっこう珍しがられて声をかけられることも多いですね」

「それだったらもう、りっぱな家族だよね。羨《うらや》ましいな、犬でも家族がいるって。わたしには友だちひとりもいないから」

「あの……」名前で呼びかけようとして、知らなかったのだと気づく。「ひとり暮らしなの？」

「うん、淋しい淋しいひとり暮らし。食事を作るのもひとり分、飲み物を用意するのもひとり分、話しかける相手といえばテレビだけ。ほんと、侘しい毎日だよね。わたしって、いったい何が楽しくて生きてるんだろ」

「でも、こうして電話をかけてもらって、しゃべっているでしょう。私は……」

また名前を呼ぼうとして詰まった。相手の名がわからない状態のまま電話で話すというのは、案外骨が折れるものだ。

「電話で話しただけだからとても友だちとはいえないけれど、もう知り合いぐらいにはなっているんじゃないですか」

「ねえ、みすずさん」彼女は不意にあらたまった口調で言った。「この間話したときは、もっとくだけたしゃべり方をしてたよ」

「あ、そうでしたか。それは申し訳ありません」

ここで働きはじめてしばらくは、過剰に丁寧な敬語や尊敬語で話していた。電話をかけてくる相手との距離感が、うまく摑めなかったからだ。だから安定感のないまちまちな対応が多かったかもしれない。

しかし最近は、特に若い女性からの電話では意識してくだけた口調を心がけている。そのほうが相手が親近感を抱いてくれると知ったし、心を開いて打ち明けてくれることが多いような気がするからだ。いずれにしてもこの仕事には、最低限のルールがあるだけでマニュアルはないから、自分で適宜《てきぎ》判断して応対するしかない。

これも成長の証《あかし》といえるかもしれないと考えていると、彼女はこんなことを言った。

「そうじゃなくてさ、今日はなんか、すごくよそよそしい感じ。わたしとしては、できたらこの間みたいにさ、友だちどうしみたいな雰囲気で話してほしいんだけど」

「できるだけ、そうするように心がけてみるわね」

「心がける、か。まあしょうがないか、所詮電話だけの付き合いなんだし」

このあとにつづく言葉にこそ、彼女の本音に近い何かが含まれているはずだった。できれば先を促して訊きたいのはやまやまだったが、しかし、それをしてはいけない。急いてはいけないということもよくわかってきた。

我慢強く向こうの話に耳を傾け、相手がみずから話しはじめようとするまで決して焦ってはならない。無駄話と思える会話の中にも、相手の本心や真意が潜《ひそ》んでいることはあるから、それを斟酌《しんしゃく》しながら待つしかないのだ。

「あ、そういえば、今日の夕方すごく珍しいものを見たよ。雲がね、すごくきれいな色に光ってたの。なんかさあ、信じられないぐらいにきれいだった」

「雲が光っていたの？　夕陽を受けて赤く染まっていたんじゃなくて」

「うん、夕陽なんかじゃない。いくらばかなわたしだってそれぐらいわかる。みずずさんもこの話だけ聞いててもわからないと思うけど、本当だよ。すごく不思議な色で、まるで七色に輝いてるみたいに、雲が光ってたの」

「雲が光る。へえ、それは不思議。私も見てみたいな」

「今度、一緒に見ようよ。それで、それについて語り合お？」

言葉の真意を量りかねたのでしばし黙りこんでいると、彼女は初めて小さく笑って言った。

「心配しなくていいって。どこか外で待ち合わせて会いましょう、なんて言い出したりしないから。たぶんいま電話してるそっちの仕事場じゃ、そういうことをしちゃいけないって禁止されてるんだよね」

「ええ、相談者の方と外で直接会うことは基本的には禁止されているの、残念だけど」

「だからみすずさんが、空を見上げる機会を増やせばいいだけのことじゃない。わたし、夕焼けを見るのが大好きなんだ。いまみすずさんが電話を受けている場所って、仙台市内なんでしょう。わたしが住んでいるのも同じ市内なんだから、毎日毎日空を見上げていれば、今度あの不思議な雲が出たときには、わたしもみすずさんも同じものを見ることができるじゃない」

そういう、本当にとりとめのない会話だけの一時間ほどの電話を切ったとき、前に彼女と話した会話の中味についてすっかり思い出していた。

そう、彼女はあのときの若い女の子だ。

記録を調べればはっきりすると思うが、たぶん一ヵ月ほど前のことだった。電話がかかってきて、受信して通話中の状態だったにもかかわらず、相手からの反応がまるでなかった。何度も呼びかけて、一分以上経過した頃合いを見て、最後に「応答がないので、こちらから電話を切らせてもらいます」と告げ、受話器を置こうとした。

そのとき「切らないで！」という悲鳴にも似た声が聞こえてきたのだった。ところがまた何度呼びかけても応答がない状態に戻り、いったいどうしたらいいかと迷っていると、電話の相手はこう言った。

「もしあなたがこの電話を切ったら、わたし、いますぐここで自殺するから」

本気か脅しか、すぐには判別が難しい場合は、最大限の注意を払って繊細な対応を心がけなければならない。それが、ここ『悩みごと相談室』の基本ルールだったから、みすずはそれから粘《ねば》り強く相手の出方をうかがった。

受話器を当てたままの耳が痛くなって、左手から右手、さらに右手から左手へと持ち替える動作を何度もくり返し、たっぷり三十分ほど待たされてから、相手はやっと問いかけてきた。

それが「あなたの名前を教えて」というひと言だった。

こちらの個人名を教えるのは望ましくないと言われてはいたが、いまはそうすべきだと判断したみすずは、迷うことなく自分の名を告げた。相手は、ありがとう、とほっとしたように告げた。

直後、受話器をそっとおろす音が静かに聞こえた。たっぷり三十分かけて、たったそれだけのやりとりではあったが、なぜかそのときみすずは深い充足感を覚えた。

そんなことを思い出しながら、彼女との通話記録を用紙に簡潔にまとめた。上司の藤本《ふじもと》さんに詳細を報告して、時計を見ると、午後九時を回っていた。結局、無言の若い女性との通話が、その日最後の相談となった。

マンションの一室にある『悩みごと相談室』を退室し、エレベーターで一階まで降りて外へ出た。ふうーっと大きく深呼吸して歩きはじめると、吐き出されて白く固まった息が自分の顔にぶつかった。

駅に向かって歩きながら、さすがに今日は五郎丸を散歩に連れていく気力は残っていないかなあと、ちらと考えた。でも、ともうひとりの自分がくすくす笑う。結局、行くことになってしまうんだろうな。

いつもそうだ。仕事を終えて家へ帰るまでは、今日は疲れているとか体調が良くないと思うくせに、いざあの子の顔を見ると、つい散歩に連れていってしまう。連れだしてやりたくなってしまうのだ。犬がどれほど外に出るのを待ちわびているかがわかるから、自分の都合で連れて行ったり連れて行かなかったりすることが、ひどい仕打ちだと思えてくるから。

ここで働くようになって、そろそろ二年になる。オーバーコートの襟《えり》を立てて駅へと向かう道すがら、これまでのことをみすずは思い出していた。

†

あの偽ブランド品を扱う会社を辞めた直後、みすずは新城正が里親を引き受けたという動物病院を探しだした。最後の電話で彼は、五郎丸は自分にとって救世主だったけれど、動物病院へ返すつもりだと言った。

五郎丸というあの秋田犬に出会ったときから、みすずはずっと気になっていた。わけもなく胸が騒いだ。間一髪で危機から救ってくれたということもあるにはあったが、でもそういう理屈の部分ではなく、直感があの犬と離れてはいけないと告げていた。

犬にひと目ぼれしていたのだと初めて気がついた。自分が飼わなければならない、飼う運命にある。占いや予言のたぐいはまったく気にしないくせに、なぜあのときだけ神がかり的なものを信じてしまったのかわからない。

飼いはじめるようになってすぐ、はっきりと感じたことがあった。それは、これまで自分というジグソーパズルに欠けていた最後のピースが、かちりと音を立てて嵌《は》まったという実感だった。ようやく、自分の居場所を見つけることができたのだ。

いつも精一杯、気を張り詰めて生きてきた。強がって虚勢をはり、大きくてがさつな女という周囲が無意識に望んでいる女性像を演じるうち、いつしかそれが板についてしまった。

そして見えざる手に導かれるようにして辿り着いた現在の仕事場は、自分が本来いるべき場所だと思えた。

これが天職だ。心からそう思える職業に出会うまで、ずいぶんと回り道をしてきた。長い間さまよいつづけていた細い道の先には、小さな光が見えている。でも、あの光のある場所に幸せがあるわけではない。そこに向かって歩いていることが、その一日一日こそが幸せなのだと、いまは知っている。教えてくれたのは、五郎丸だ。

葛西みすずの心は、不思議なほど穏やかに澄んでいた。素の自分でいることができた。


あのブラック会社の後、派遣会社に登録していくつかの職場を転々とした。給料の良さに引かれてコールセンターで働いたこともあった。アウトバウンドと呼ばれる、勧誘専門の仕事をしたこともある。

指定されたエリアの番号がプリントされた紙を見ながら、毎日何回も同じ家や会社に電話をすることになり、それが一日に二度目、三度目ともなれば怒り出す客もいた。それはそうだよなと、勧誘する側なのに思った。これまでの人生で転職は何度も経験してきたが、すぐにお給料に反映されやすい営業職を選ぶことが多かった。だからその方面では少なからぬ自信を持っていたはずなのに、それが粉々に打ち砕かれた。

派遣会社の担当者と相談して、次はインバウンドと呼ばれる受信専門のセンターを希望した。アウトバウンドに比べれば給与面では劣るが、精神的な辛さは減るだろうと考えた。

携帯電話会社のカスタマーセンターで、料金や使い方の質問に答えるサポート業務が主だったが、確かに勧誘専門よりは気分的に楽だったものの、今度はマニュアルと首っ引きで格闘しなければならなくなった。決して携帯やパソコンに詳しいとはいえないみすずにとっては、これもまたなかなか辛いものがあった。

けれども、そんなに文句ばかり言っていたら働く場所など無くなると自分を叱咤《しった》しながら頑張った。三十歳を過ぎて、とりわけてこれといったスキルも経験もない自分のような女には、それほど就業のチャンスがあるわけではないと自覚してもいた。

仙台が市の施策としてコールセンターの誘致に力を入れていたこともあって、市内には大小さまざまなセンターが立ち上げられており、内容を選《よ》り好みさえしなければ仕事はそれなりにあった。

だから何事もなければ、しばらくそこでの仕事をつづけていたはずだ。特にやり甲斐があるわけでも面白いわけでもなかったが、五郎丸と一緒に暮らす毎日は満ち足りていたから、その暮らしが維持できさえするのであれば、当面不満はなかった。

しかし結局辞めざるを得なくなってしまった。会社ならばどこにでもあるような、些細なことがきっかけだった。

ある日、みすずはセンターの直属の上司に呼び出された。シフト明けで帰ろうとした夜の八時過ぎ、指定されたカンファレンスルームと名づけられた小部屋に行くと、上司の羽佐間《はざま》が出し抜けにこう言った。

「葛西さん。あなた、お客さまと個人的な話をしていませんか」

「個人的な話、ですか？　いえ、そんなことはないと思いますけど」

「それじゃ、これを聴いてみてもらえますか」

上司はテーブルの上に小型のデジタル録音機を置くと、再生ボタンを押した。

流れ出した会話のやりとりを耳にした瞬間、すうっと頭から血が降りてゆくのを感じた。

そこには、みすずと客との会話が録音されていた。相手はおばあさんで、何かのときのためにと娘が買ってくれた携帯電話を持っていたが、何しろ八十歳にもなる年齢だったから、しょっちゅうカスタマーセンターに電話をしてきていた。一度みすずが受けて懇切《こんせつ》丁寧に案内をしたところ、次から指名で電話してくるようになったらしかった。らしかったというのは、いくら大事な顧客といえども名指しでオペレーターを選ぶことなどできるわけもなく、毎回別のオペレーターが対応に苦慮していたのだと、あとで上司に聞かされたのだ。

さらに、おばあさんがその後電話してきたとき、偶然にもみすずが受信したことがあった。なにしろ百五十人ほどもいるセンターだから、相当な偶然といえなくもないのだけれど、おばあさんにとってそれはまさに天文学的確率の再会だったらしく、こちらが恐縮するほどよろこんでくれた。

結果的には、その二度の電話が事態を複雑にしてしまった。ぜひあの女性に替わってほしい、規定でそのようなことはできかねます、という不毛なやりとりを繰り返した挙句、いつもおばあさんに一方的に電話を切られることがつづいた。オペレーターの間では、クレームばあさんという名称で呼ばれていたらしいのだが、勤務先で友人をつくろうとしなかったみすずの耳までは届いてこなかった。

あとになって、そのような電話を受けた立場から考えれば、けっして気持ちのいいことではないだろうと想像はつく。かなり不愉快だったに違いない。スーパーバイザーという役職を持つ、統括責任者である羽佐間から呼び出されたのは、それが何度かつづいたときのことだった。もちろんそのことも、羽佐間から聞かされて初めて知ったのだった。

おばあさんとの、その二度目の電話の会話内容が再現されていた。話は最初のとっかかりこそ携帯メールの使い方といった、操作方法に関するものからはじまるのだけれど、その用件そのものはあっという間に終わり、すぐにひとり暮らしの淋しさや大変さ、長生きしてもいいことなどひとつもない、というような愚痴になるのが常だった。

その会社に勤務しはじめて数ヵ月がすぎたばかりで、まだ応対に慣れていなかったみすずは、受話器を通して語られる彼女の言葉に真剣に耳を傾け、本心からの相づちを打った。声しか知らないおばあさんから聞く話を、北国でひとり暮らす年老いた母の姿に重ねていたのかもしれなかった。

録音機の停止ボタンを押すと、羽佐間は言った。

「こういったケースは、ちょっとぼくの記憶にはないですね。ここの仕事はお客さまサービスデスクですよ、わかっていますか？」

はい、とみすずは消え入りそうな声で答えた。

「お客さまの声に真摯に耳を傾けることは我々の大切な仕事ですが、それにしたって限度があります。これじゃまるで、ラジオの人生相談コーナーだ」

羽佐間は向かい合って座っていた椅子から立ち上がると、テーブルを回ってみすずに近づいてくる。

「葛西さんのほうから、何か申し開きすることでもあれば聞きますが？」

「ありません。ありませんけど……」

「けど？」

「あの、私、こういう電話だけでやりとりするお仕事には向いてないでしょうか？」

「誰でもみんな、初めてのところからはじまるものですよ」

羽佐間の口調が急にやさしいものに変わった。やさしいというよりは、猫なで声というのに近かった。

「ぼくが見るところでは、葛西さんはオペレーターに向いていると思います。自分がしゃべるより、人が話しているのを聞いているほうが好き。あなたはそういうタイプではありませんか」

「ええ、それは友だちからも言われることがあります。友だちといっても、私にはほとんど友人がいないんですけど」

「そうですか」

みすずはそこで、自分の身体がびくりと震えるのを感じた。羽佐間が左肩に手をのせてきたからだった。

「葛西さん、今夜これから予定はありますか」

「あ、いえ、別に」

「それじゃちょっと、外へ出ましょうか。こういう話は、もう少しくだけた場所で話し合ったほうが理解が早いと思うから」

肩をぽんぽんと二度叩くと羽佐間は、これからすぐに帰り支度をして外へ出たところを見計らって、携帯に電話を入れますと一方的に告げると出て行った。

自分としてはそれほどまずいことをしでかしたつもりはないが、情報管理には特に厳しい会社だと聞いていただけに、もしかしたら大変なことをしてしまったのかもしれないと、ちらと後悔がよぎった。

羽佐間に指定されたのは大町のレストランで、国分町を西に十分ほど歩いた場所にある小体な店だった。羽佐間はなぜかシャンパンを注文すると、戸惑っているみずに乾杯を強要した。

最初に嫌な予感がしたのは、このときだ。

シャンパンなんて、これまでにほとんど飲んだことがない。いつも居酒屋でチューハイ、お金に余裕があれば冷酒というのが定番だ。少し強く握ったらぽっきりと折れてしまいそうなシャンパングラスを、相手に合わせて気取って持っていると、小指が攣《つ》りそうになってきた。

「葛西さんは、うちの会社に入社してようやく三ヵ月が過ぎたところだ。お疲れさま。オペレーター業務は大変でしょう、クレームなどが入ると特に」

「ええ、精神的にきついです。そもそも自分に、こういう仕事ができるとも思っていませんでした」

「うちに来るまえは、どんな会社にいたの」

「主に、営業関係の仕事が多かったです」

前職について訊かれたので、仕方なく話した。もちろん肝心《かんじん》なところはぼかして、問題のない部分だけだ。とても人さまに胸を張れるような会社ではなかったし、だいいち経歴は半分以上嘘っぱちを書いている。

「営業の仕事だったのに、その年齢で……おっと、これは失礼。ぼくはどうも女性の気持ちに配慮した話し方というのが苦手でね、そのせいかもしれないけど、この年でまだ独身なんだよ」

そのせいではないだろうとは思ったが、顔に出さないようにした。女の気持ちに配慮できないのではなく、ただ無神経なのだ、きっと。

「いや、ぼくが言いたかったのは、三十歳を超えて転職するというのはなかなか勇気があるなということでね」

「ぜんぜん気にしないでください。私は昔から、女だてらに男気があるってよく言われてましたから」

羽佐間はそこでグラスを持ったまま、身体を後ろに引いて目をすがめた。なぜか値踏みされているという感じがした。

「あなたは大丈夫だと思う。うちの会社は、正直にいって最初の一週間で勝負が決まる人がほとんどだから」

「勝負が決まる？」

「会社との相性のことです。会社と社員も、男女の仲と同じでそこが重要なんですよ。会社の知名度、規模や待遇の善し悪し等々、人が会社を選ぶ際のポイントはたくさんあるけれど、もっとも重要なのは相性。それがぼくの持論です。これまでにも新卒、中途採用を含めてたくさんの社員を見てきた経験から言わせてもらえば、最初の一週間で馴染めたら、もう大丈夫。葛西さんと我が社の相性は悪くないということです」

羽佐間はそこでもう一度、グラスを目の高さにあげて乾杯してみせた。きざったらしい仕草だったので、みすずは気づかないふりをした。

「それじゃあそろそろ本題に入ろう。まず初めに、個人的な感想から言わせてもらうと、ぼくは葛西さんのああいった対応は嫌いじゃない。むしろ、好ましいとさえ思う。相手がお年寄りのお客さまで、しかもひとり暮らし。話し相手が欲しいのかもしれない、だからたまたま聞きたいことがあって電話したお客さまセンターのオペレーターが、懇切丁寧に応対してくれたので、つい心を許して話し込んでしまう。そういうケースがないとは言いません。ただ、会社の責任者としてどう扱うかということになれば、これは残念ながらアウトと言わざるを得ない。それはわかってもらえますね？」

はい、と神妙に見えるようにうなずいた。

「わざわざあなたを社外に連れ出してまで、話したかったというのはそんな思いからです。少なくとも、会社の中でぼくが個人的には好ましいと思うなんて、口が裂けても言えない立場だから。ただ、個人的な気持ちだけは伝えておきたいと思った。それだけです」

その後も、いったい何が言いたいのかよくわからない話が延々とつづいた。あげくの果てに、店を出たとたん肩に手を回してきたのでびっくりして固まっていると、何を勘違いしたのか、耳元で送っていくよと囁《ささや》くので、みすずは拒否するのも忘れて駆け出した。

あまりに突然だったからうろたえてしまったが、ヒールで足でも踏んづけてやればよかったとあとから思った。いや、でもまた仕事を辞めるわけにはいかないのだと言い聞かせた。明日も会社であの鬱陶《うっとう》しい上司と顔を合わせることを想像すると、両肩がずしりと重かった。

†

案の定、羽佐間の勘違いは翌日以降もつづいた。

そして、十日ばかりの間に二度も食事に誘われた。女性が多く管理も厳しい職場だけに、表だって誘うようなまねはしてこなかったが、何しろ相手は上司だけに、こちらの携帯番号もアドレスも知られている。会社では猫をかぶっていたから、なめられていたのかもしれなかった。

一度目はやんわりと断り、二度目に業務上の話ですかと返信したところ、もちろんそうですと返事がきた。けれど、それでもどうにかのらりくらりとかわしていたのだったが、ついに言い逃れできない事態が起きた。

その日の午前中、例のおばあさんがセンターに電話をしてきて、受けたオペレーターに対して、葛西さんと替わってくれと言い出したのだ。指名など受け付けるわけもないのだが、いつもは怒って一方的に電話を切るおばあさんは、今日は葛西さんという女性に替わってくれるまで電話を切らないと頑強に主張した。

困ったのは責任者の羽佐間だった。サービスデスクという業務柄、基本的にこちら側から電話を切ることができない決まりがあるため、お客さまが切断しない限り、応対者はその回線にいつまでも釘付けされたままの状態になる。

通話状況はつねに本部でモニターされていて、一時間も二時間もつながりっ放しではトラブルが起きていると判断される。責任者の管理能力を問われる結果になりかねず、羽佐間にとっては何よりそれを避けたいらしかった。

オペレーターのたび重なる説得にも、頑として折れようとしない相手に業《ごう》を煮やした羽佐間は、特例的な措置としてみすずを呼び出すと、おばあさんから電話が入っているブースに連れて行き、応対を命じた。わがままが通って気がすんだのか、ほんの十分ばかり近況を一方的に報告するとおばあさんは満足げに電話を切った。

自分の席へ戻ろうと立ち上がると、周囲の女性たちから突き刺さるような視線を感じた。やはり最初に、私が身の上話なんかに耳を貸してしまったのがいけなかったのだろうかと、そんな自問が業務終了までぐるぐると頭を駆け巡った。

夜八時過ぎ、更衣室で帰り支度をしながら携帯を見ると、案の定、羽佐間からメールが入っていた。京料理を売りにしている個室だけの店が、本日の待ち合わせ場所として指定されていた。強制的な圧力を感じる文面で、とても拒否できそうな雰囲気ではなかったから、ある程度予想していたことではあったが、さすがに今回は呼び出しに応じざるを得ないと思った。

個室風にしつらえられた店に入り、案内の女性に羽佐間の名を告げると、いちばん奥まった席に案内された。藍染《あいぞ》めののれんを開くと、強く組んだ両手を口に当てて前を睨みつけている彼の姿があった。

おずおずと腰かけると、いきなりこう言った。

「自分で蒔《ま》いた種です。君は中途採用だが、経験者採用ではありません。つまり実質的にはまだ新入社員に近い立場といえる」

「すみません」殊勝な気持ちになって本心から謝罪した。「まさか今日みたいなことになるとは、あのときは想像できなくて……本当に申し訳ありませんでした」

「いくらぼくだって、今回の件に関して責任を取れとは言わないよ。しかし今後のことも含めて、今日のうちにきっちりと話し合っておかなくちゃいけないと判断した、だからわざわざ外で会うことにした。そういうことです」

羽佐間が言った。明らかに言い訳だと思ったが、もちろん何も言えなかった。

「前にこの話をしたときも、言ったはずです。葛西さんの対応を、個人的には好ましく感じている、と。そして同時に、こうも話したはずです。センターの管理者としては、そうとばかりも言っていられない、とね」

「憶えています」

「今日の件があって、部長から呼び出されました。部長というのは、ぼくの直属の上司だから、間接的には君の上司にもあたるわけだ。生殺与奪《せいさつよだつ》の権利を持っている人物と言い換えてもいい」

「その、部長さんはなんておっしゃっていたんですか？」

「彼には、ぼくのような人情味はありませんからね。前回の葛西さんの対応は、じつはぼくの胸ひとつに納めておこうと考えていたから、部長には伝えていなかった。本当は組織としては、そういうのはまずいんだけれども、ぼくは自分でそう判断したわけです。ところがあの一回で終われば現場の判断ということですんだものが、今回のことで芋づる式に掘り起こされてしまって、報告せざるを得なくなった。部長は、いたく立腹していたよ」

　血の気が引きそうになった。部長というのは、何度か姿を見かけたぐらいなのだが、交尾直後の雄カマキリみたいにひどく神経質そうな男だった。

「あの人は、怖い人です」羽佐間が湯葉を飲み込んで言った。「しかも部下のぼくを、目の敵にしているところがある。東京の本社時代には、まったく別の部署、別のグループに属していました。グループというのは言い方を替えると、まあ派閥みたいなものですが」

「派閥、ですか。そういうのがあるんですか」

「仙台支社にだってありますよ、もちろん」

「知りませんでした」

「葛西さんは社内で仲のいい友人というのもあまりいないようだし、そういうことに疎《うと》そうだから。部長はね、何か別の名目をつけてもいいから、あなたを解雇《かいこ》すべきだと言いましたよ」

　頭の中で光が弾け、次の瞬間に白濁した。解雇？　たったあの程度のことをしただけで、会社を辞めさせられるというのか。

気持ちが表情に表れていたのだろう。羽佐間が察してこう言った。

「あれぐらいのことで、という顔ですね。そう、あれぐらいのことで解雇もあり得る会社なんです、うちは。なぜならカスタマーサービスという職場は、顔が見えないお客さまと、まさに声だけで繋がる仕事だからだ。電話を通しての対話、それがすべてであり、それ以外の部分はよほどのことがない限り目をつぶってもらえる、ということでもある。だから服装も態度も大手企業のように厳しくはない。はっきりいって、大学生のような服装でもオーケーなわけですよ」

確かに初めてあの会社へ行った日は、少々驚いた。それまでみすずは営業畑が多かったから、チャコールグレーという渋い色味のオフィススーツで出社したのだったが、そんな服装の女性など一人もいなかった。若い男の派遣社員など、穴の空いたジーンズにパーカー姿というものまでいた。これが許されるのならもはや服装規定はないに等しいなと、妙に感心したぐらいだ。

実力主義といえば聞こえはいいが、より正確にいえば、成果主義だった。それはこれまでみすずが自ら選び取ってきた仕事に共通していたから、こういう会社ならやっていける気がしたのも事実だ。

「ぼくは、辞めさせるには惜しい、もったいない人材だと反論しましたよ」

「もったいない？　新人でやっと基本的な技術が身に付いてきたばかりの私の、何がもったいないんでしょう」言葉の真意を量りかねて、思わず問い返した。

「葛西さんの心の底にあるもの、一般的にいうところの優しさのような部分が、経験を積み重ねていけば大化けするかもしれないと、ぼくは考えています。そうなったらきみはきっと仙台のセンターでも指折りの、有能な人材になる可能性を秘めている」

戸惑った。これまで仕事上のことでも、もちろんそれ以外においても、羽佐間という人間と頻繁にやりとりをしてきたわけではない。だから彼が自分の何を買ってくれているのか、自分でもいまひとつぴんときていなかった。

「評価していただくのはうれしいんですが、買いかぶりすぎじゃないかとも思うんですけど」

「部長は辞めさせたがっている。しかしぼくは、辞めさせたくはない。きみは、どうすればいいと思う？」

無防備に組んでいたみすずの手を、羽佐間が上からかぶせるように握ってきた。不意をつかれた上にあまりに自然だったため、振りほどくきっかけを失ってしまっていた。

「ぼくらは、もっと深く知り合う必要があるんじゃないかな」

返答に困り、いたたまれなくなってみすずは日本酒をがぶ飲みした。我慢の限界だった。

だからそれから先のことは、じつはあまりよく憶えていない。

その後に起きた事実だけに限っていえば、店を出た直後、抱きついてきた羽佐間の股間に蹴りを入れ、悶絶《もんぜつ》する姿を尻目に帰宅したことと、翌朝速攻で辞表を出したという、その二点だけだ。

辞表を入れた封筒を郵便で出そうと外へ出たとき、なぜか前の会社で上司だった新城正のことが頭に浮かんだ。彼のように自分は悪いことをしているのだと自覚し、開き直っている男はまだ許せる。しかし、これは正当な行為なのだという振りをして、いけ好かない事をぬけぬけとやる男がみすずは大嫌いだった。

唯一の心残りは、あのおばあさんの話をもう聞いてあげることができないことだなと、ポストに投函《とうかん》するときにふと思った。

†

「それで、辞表はめでたく受理されたというわけか」

「そりゃあそうでしょうよ。あんな男の話を鵜呑《うの》みにするのもしゃくだけど、その部長が私を辞めさせたがっていたっていうのは事実だろうしさ。だいいちああいう会社は定着率が低いっていうから、去る者は追わずなんじゃないかな」

「そのエピソードも、五郎丸には話して聞かせたんだろうね」

「もちろん。しらふでも泥酔してても、とにかく家に帰ったら真っ先に今日一日で起きたことを、五郎と散歩しながら話し合うのは日課になってるから」

「その、犬と会話するっていう感覚が、どうもいまだによくわからないんだよな。ただの親ばかじゃないかって気がしてさ」

「会話じゃない。対話」

「わかったわかった」

天宮秀人《あまみやひでと》はまるでわかっていないようすで、背もたれに身体を預けて言った。宮城県図書館の一階にあるレストランで、午後の四時という中途半端な時刻だった。店内は壁一面がガラス張りになっていて、薄日が射し込む雑木林が目の前に広がっている。

いつも一方的に呼び出すのはみすずのほうで、秀人はよほどのことがない限り断ることはなかった。二人は恋人どうしではなく、純粋に女と男の友人という関係だ。微妙な心理の綾《あや》などというものを完璧に排除して断言できるのは、彼がゲイだからだ。けれどもそれは、みすずにとっては取るに足りない事実でしかない。

自分のことをよく理解してくれる得難い友人という意味では、彼に取って代わる人間はいまのところいない。人間以外でいえば、五郎丸がいる。もしかするとあの秋田犬が、この世の中でもっとも私をわかってくれている存在なのではないだろうかと、なかば本気でみすずは考えている。

「ねえ、私、どうしたらいいと思う」

「それは、この先の仕事をどうするかっていう意味かな」

「もちろんそうだよ。仕事は何だっていいんだ、五郎と二人、ごくごく普通に暮らしていければ」

「その考えには承服しかねるなあ。そういう何でもやりますという姿勢って、かえって遠回りになるんじゃないかと思うからさ」

その言葉の意図について考えていると、秀人はつづけてこんなことを言った。

「みすずはさ、人の話を聞く仕事、合ってるんじゃないかな」

「それ、どういう意味?」

「聞き上手だからだよ」

面食らってしまって、思わず彼の顔をまじまじと見た。これまで三十年とちょっとの人生の中でも、こんなことを言われたのは初めてだった。

「聞き上手……私が?」

「そう。自分じゃ気づいていないかもなと思ってたけど、やっぱ気づいてなかったね。予想通りすぎて逆に面白い。そこに電話をかけてきて話し込んじゃったおばあさんも、思い出すのも嫌だろうけど、仕事にかこつけて酒に誘ってきたその上司も、共通点がある。それは淋しいと感じてる、誰かに話を聞いてほしいと思っているってことだよ。本人が自覚しているかどうか、それはまた別問題として。みすずは、そういう人の琴線《きんせん》に触れる何かを持っている」

「もしかして秀人が私と会うのも、あなたが淋しん坊だから?」

冗談めかしていったつもりだったが、案に相違して彼は笑わなかった。そして、数秒黙った後にこう言った。

「図星《ずぼし》だよ。ぼくも、そのおばあさんや上司と同じだ。たまに無性にみすずと会いたくなるのは、話を聞いてもらいたいからだ。ご存知の通り、ぼくもあれこれ複雑な形の荷物を背負って生きてる人間だから」

それからしばらくの間、テーブルに並んで窓の外に顔を向けたまま、少しずつ橙色に変わってゆく空を眺めていた。

「いい考えがある。できるだけ早く連絡するつもりだけど、あまり期待しないで待っててくれ」

秀人から連絡が入ったのは、二日後のことだった。彼が持ちかけてきた話は、その後とんとん拍子に進み、みすずは一週間後には新しい職場にいた。

それが、『悩みごと相談室』だった。

彼の知り合いに非営利組織の代表者がいて、かねてから人手不足を嘆《なげ》いていた。みすずがいまの職場を辞めたと電話で話したとき、即座に頭に浮かんだのがその相談室だった。

藤本さんという代表者と面談し、二時間ばかりあれこれ訊かれた帰り際、早くも採用決定を告げられた。あまりに簡単だったため、もしかしたら誰でもよかったのではないかと思い、その旨を正直に問いかけた。

「誰でもいいともいえますが、誰でもいいわけではありません」

そんな禅問答のような返事が返ってきた。それから藤本は右手を差し出すと、よろしくお願いします、と言った。羽佐間とは対極にある、柔和な笑みを浮かべながら。

そのときはまさか、自分で天職と思えるような仕事になるとは想像もしなかった。

†

帰宅して五郎丸を連れ出し、寒い中を散歩している最中、電話を切ったら自殺すると叫んだあの女の子のことがしきりに頭に浮かんだ。

ふたたび部屋に戻ったとき、身体に異変を感じた。

みぞおちの上部付近に、不意に締め付けられるような感覚があった。トトン、トトントトン、トン、というような不規則なリズムが、体内に響き渡ったと思う間もなく、息苦しくなってきた。

視界の端が薄暗くなってきて、ちかちかしはじめたので、キッチンにしゃがみ込んだ。そのまましばしうずくまっていると、小さな嵐は去っていった。最近ときどきこんなふうになることがあった。疲れているのだ、とみすずは思った。肉体的な疲れではなく、きっと精神的な部分なのだろう。

熱い息を感じて顔をあげると、五郎丸が心配そうに眉をへの字にしていたので、思わず笑ってしまう。

「相変わらず心配性だね、五郎は」

努めて明るくしゃべりかけた。お風呂からあがって、五郎丸と一緒に遅い夕食を食べながら、いつものように今日の出来事を話した。一心不乱にドッグフードを食べていた五郎丸は、女の子が死ぬと叫んだところで、つと頭をあげた。やさしそうな瞳に、心配そうな色が浮かんでいる。

「大丈夫。これから何度か電話がかかってくるはずだから、私が辛抱強く話を聞いてあげれば、あの子は立ち直れるよ」

(……ほんとうに？)と五郎丸が尋ねてくる。はっきりそうしゃべっているというのではなく、人間の言葉に変換すればそういう気持ちでいるのだ、ということはわかる。

「ほんとだよ。私だってだてに二年近くもあの相談室にいるわけじゃないんだから。こういうことに絶対はないと思うけど、あの子にはきっと笑える日がくる。五郎も、そう信じてよ」

（……だといいな）

これが妄想のたぐいなのかどうか、自分では判断しにくいし、そして秀人にからかわれる格好の口実にもなるのだけど、五郎丸がそう思っていると感じるのはまぎれもない事実で、少なくともみすず的にはこれは真実である。

真実というものは、国や文化が違えば異なるように、人それぞれに違っていてもいいと思うのだ。

相談室の仕事には、厳しい守秘義務がある。相談者との会話から知り得たこと、会話の内容も含めてすべて一切の情報を漏らしてはいけないと規定されている。もちろんみすずも自分を律してしっかりと守ってきたつもりだ。

ただ、五郎丸にだけは話した。世の中には、どれほど多くの人が悩みを抱えて本気で自殺を考えているかを、事細かにしゃべって聞かせるのだ。それは、自分の精神の平衡を失わないために見つけた方法でもあった。他人の辛さに心を同調させすぎてしまうと、ときどき自分を見失ってしまいそうになることがあって、そんなとき問わず語りで話しかけてみたのがはじまりだった。

耳をぴんと立てて真剣に聞き入ってくれる五郎丸の姿を見ていると、気持ちの奥で凍結しかけていた塊がゆっくりと溶けていった。

携帯電話が鳴った。秀人からだった。

「珍しいじゃない、どうしたの」

「たまには誰かに誘われたいんじゃないかと思ってね」

「別に。私の暮らしは充分に満ち足りてるし」

「明日、確か休みだったよね。ちょっと会えないかな」

「もしかして、悩みごとの相談？」

「相談の専門家に、相談してみようかと思ってね」

軽口に紛らわせて秀人は言った。いつものように車で迎えにきてもらう約束をして電話を切った。何だろうと気になったのもほんのつかの間のことで、みすずはベッドに横になったとたん、深い眠りにすとんと落ちた。

†

「ひどい顔色だ。メイクで隠しても、かなり疲れてるみたいだというのがわかるぞ」

天宮秀人は、いつものように宮城県図書館に向かう車の中で、みすずに会って最初に感じた印象を正直に告げた。

「そう? でも私、最近すごく幸せなんだけど」

「へえ、それはそれは」

「以前だったら、絶対こんなこと口にするタイプじゃなかったけど、五郎と暮らすようになってから心に飾りをつけるのが面倒になってきたのかな。だから素直に、いまは幸せだって言えるよ」

図書館の駐車場に乗り入れてレストランに入った。平日の午後二時半という中途半端な時間だからか、客は二人しかいなかった。

秀人が紅茶を、みすずはいつものようにコーヒーを注文した。彼女はしばらく外の景色を眺めていた。すっかり葉が落ちて視界が利くようになり、風景が森閑《しんかん》としている。ほとんどの場合、会わないかと言ってくるのはみすずのほうで、今日のように自分から連絡することは滅多にない。だから秀人は、少々緊張していた。

「で、相談ってなに?」こちらの気持ちを察したようにみすずが言った。

「相談というほどのことでもないけど、ちょっと困ってることがあってさ。まあ、みすずに相談したところで解決できるわけでもないだろうとは思ってるけど」

「なんだか煮え切らないわね。もしかして、女性絡みの話?」

「お祭しの通り」あまり人に聞かれたい話でもないので、秀人は手で口元を隠した。

「今回困ってるのは、仕事関係の女性だということなんだ。得意先の会社の人で、どう対応すればいいのか迷ってる」

「得意先というのは、確かにちょっと困るねえ」

そのときテーブルの上に置いた携帯電話が短く震えて、メールの着信を知らせた。確認すると、桂木真紀子《かつらぎまきこ》からだった。

内容を確認せずにそのままフラップを閉じて顔をあげると、にやにや笑っている彼女と目が合った。

「もしかして、その得意先の恋人候補から？」

「まいったね。もしかして監視されてるのかな」

「得意先の会社の受付嬢とか、そういう感じなの」

「受付嬢ならまだ対処のしようもあるだろうけど、よりによって発注担当の女の子なんだ」

憂鬱《ゆううつ》な気分でそう告げると、みすずはなぜかうれしそうだ。

「そりゃあ大変だ。対応を一歩間違えたら仕事を干されるとか、もっとひどければ得意先をひとつ減らしかねないもんねえ」

「そんなに楽しそうに言わないでくれ。今度ばかりは、本当に困ってるんだ。やっぱりこういうことは、いちおう同じ女性の意見を聞いたほうがいいんじゃないかと思って」

「いちおうって何よ、いちおうって」そう言ってから、彼女は不意に真顔になった。

「人生ってほんと、ままならないものだね。秀人はゲイだってことを、別に隠そうとしてるわけじゃないでしょう。ただ仕事に差し障りがあると嫌だから、あえて仕事先にはカミングアウトしてない。なのに、仕事先のストレートの女の子から愛されてしまう」

「愛じゃなくて、たんなる恋だよ。愛なら半永続的につづく可能性もあるけど、恋は花火と同じだ。ドン、パッ、あとはまっ暗な夜空だけが残る」

「醒《さ》めてるねえ、相変わらず。それでデートの約束はもうしたの？」

「デートと呼ぶかどうかは別として、さっきのがお誘いメールじゃないかなと思う。前々からそれっぽい誘いは受けてるからね。残念だけどぼくのこの手の悪い予感は、すごい高確率で当たるんだ」

「断りきれないんだろうね」

「難しいな。少なくとも仕事に絡められて、しかも気楽な食事という誘いだったら拒否する理由が見あたらない」

「それじゃとりあえず、相手の気持ちに気づかない鈍感な男を装ってやり過ごすしかないんじゃないかな」

「今回はやり過ごしたとして、次回は？」

「次回も誘われたら、次もやり過ごすんだよ」

秀人は呆れた。相談する相手を間違えたかもしれないという考えが、ちらと頭をよぎった。

「もしかしてぼくは、延々とやり過ごしつづけることになるのかな？」

「やり過ごすっていうのは、じつは大事な処世術なんだよ。黒か白かで判断できないほうが世の中には多いって、大人になると否応なくわかってくるでしょう。だから迷ったときは、へたに決断しないで保留のままにしておく。私もいまの仕事でよくそういう場面に遭遇するから、そこで得た知恵と言ってもいいかもしれないけど。自殺しようと思って、でも迷いもあって、助けを求めて電話をしてくる。彼や彼女たちは自暴自棄《ぼうじき》になっていて、黒い感情を抱えてしまってるから」

「黒い感情？」

「自分を傷つけてやりたい、自分を壊してしまいたい、そんな黒い感情に困り果てているの。人に向けるべき刃が、自分自身に向けられる。だから私は、その黒い感情を吸収してあげるわけ。ちょうどスポンジが水を吸収するみたいにね。ほんのわずかだけでも向こうの中にある黒い感情が減らせたら、とりあえず今日と明日ぐらいは生きてみてもいいかなって、そんなふうに思うかもしれないじゃない。根本的な解決は無理でも、とりあえず今日をやり過ごせればいいと……あ、でも秀人が本当に困ったときにはいいアイディアがあるよ」

そのアイディアが本当にいいものなのかどうかはわからなかったが、本当に困った場合はそうすると告げた。

まだ日のあるうちに五郎丸を散歩に連れて行きたいというので、車で送り届けた。秀人は自分のマンションへ向かう車の中で、少し気分が楽になったような気がしていた。これといった妙案を教えてもらったわけではないのに、不思議なものだなと思った。

仕事場に戻ると、すぐに仕事に取りかかることにした。秀人はフリーの立場でテープ起こしの仕事を請け負っている。会議録や講演、ときには国際会議なども手がけることがある。

テープ起こしとはいっても実質的にはすべて電子データだから、メールに添付された音声データを文章化する作業である。つまり、仙台にいても東京や他都市からの仕事を受けることが可能で、事実秀人も東京の二つの会社と付き合いがある。

仕事に一時間ばかり集中したところで電話が入った。桂木真紀子からだった。メールをまだ読んでいない事実に電話を受けてから気づいたが、遅かった。真紀子は会議録などを扱う会社の発注担当者、秀人の直接の得意先だった。

「本日送ったメールですが、読んでいただけたでしょうか」

「申し訳ありません、じつはまだ目を通していなくて。この間いただいた仕事が何しろ厄介で、手を焼いていたものですから」

ばか丁寧で他人行儀な物言いを、ことさら強調するようにして答えた。

「そんなに大変な内容だったですか。すみません、そんなに面倒だとわかっていたら、天宮さんにはお願いしなかったんですけれど」

「いや、面倒な仕事を依頼してもらうほうが有難いですよ、自分は御社に信頼されているのだという錯覚に陥ることができますからね」受話器の向こうで真紀子が笑った。「その、仕事の件ですよね？」

「いえ、それとは別のお話で」

彼女は数秒言い淀んでいたが、何かを吹っ切るような勢いで一息に言った。

「今度一緒にお食事でもどうかなと思いまして、それで電話をさしあげた次第です」

「食事、ですか」

「あの、わたし的には別にお酒でも全然かまわないんですけど、天宮さんのお好きなほうで」

そういう意味ではない、とは言えない。さていよいよ困ったことになってきたと、内心どう対応すべきか迷っていると、相手はさらに畳みかけてきた。

「相談に乗っていただけないかと前から思っていたんです。わたし、こういうことを相談できる知り合いがいないもので、でも会社の人じゃだめだし、天宮さんだったらこのお仕事の経験も豊富だとお聞きしていて、相談に乗ってもらうにはちょうどいいかなって思って、それでこの間もメルアドをお渡ししたんですけど、あれだけじゃ意味がわからなかったかなと思って、一度こちらからメールしておかなくちゃってメールしたんですけれど、それでもお返事をいただけなかったもので、こうして思いきって電話を……」

勢いがよかったのは最初のほうだけで、途中からはしどろもどろになってきたのはわかっているけれど言葉が途切れて空白ができるのが怖い、という調子だった。

「つまり相談というのは、桂木さんの仕事について、ということでしょうか」

「はい、そうです」

「ぼくはどちらかといえば夜型なので、少なくともこの仕事が終わるまでは夜の時間はなかなかとれないと思いますけど」

「お願いした仕事が終わってからでかまいません、もちろん。わたしのほうはいつまでも待てますから」

やはり悪い予感は的中したなと思った。なかば強引に押しきられるかたちで、納期の翌日の夜に仙台市内で会食する予定を入れられた。

†

その夜、桂木真紀子はドレスアップしていた。待ち合わせたのは一番町から脇道に一本入った、スペイン料理のレストランである。

話題は、彼女の仕事上の悩みや会社内部の人間関係といった、どう考えても外注先である秀人にはアドバイスしがたいものばかりだった。そして一時間を過ぎた頃にはなぜか、桂木真紀子がいかに淋しい毎日を送っているかという話題にすり替わっていた。

「心の支えが欲しいんです」

「心の支え」

さっきから秀人はやたらにおうむ返しの相づちばかり打っている。彼女がそうするしかないような、つまり返事に窮するような話ばかり振ってくるからだった。

「人は誰でも独りなんだとぼくは思います。人間の心の中には、埋めようとしても埋めきれない空虚がある。それをごまかそうとしてある人は恋人をつくるかもしれないし、ある人はその代償行為として犬を飼うのかもしれない」

真紀子は、ぱちぱちと何度か目をまばたきさせた。

「天宮さん、犬を飼ってるんですか？」

「たとえばの話ですよ。別に猫でもいい」

「わたし、猫好きなんです」

さっきからこんなふうに、会話は迷走しっ放しである。

「天宮さんは、支えてくれる人はいるんですか？」

「いるといえばいるし、いないといえばいません」

「それって、どういうことですか？」

「恋人じゃないけど、でも、互いに心のよりどころとしている相手はいる。そういう意味です」

「女性ですか？」

「さっきから質問ばっかりですね」

彼女はぐっと詰まったように、唇を一文字に結んだ。

「天宮さんは、わたしと付き合うべきだと思うんです」

真紀子が唐突にそう言ったので、さすがに面食らった。最初の頃に垣間見《かいまみ》えていた恥じらいの色は、いまや影も形もない。先ほどからワインをがぶ飲みしているが、もしかすると酒の勢いで俄然《がぜん》積極的になるタイプか。というか、我を忘れるタイプかもしれない。

「付き合うべき、というのはどういうことですか」

「わたしの淋しさは北極で、天宮さんの淋しさは南極。その二人が出会うとしたらちょうど赤道付近だから、暖かくなれると思う」

不覚にも声をだして笑ってしまった。本心なのか、それとも、よく練り込まれた冗談なのか判断に迷うところだ。極地から赤道直下へ直行したら、確かに暑そうだ。

「面白そうな話だけど、それは無理だと思います」

「それは、なぜですか?」

「ぼくは残念ながら、仕事先の、女性とは、絶対に個人的な関係を結ばないと決めているからです」

あやふやな返答になってしまったけれど、自分としては婉曲《えんきょく》表現というか、嘘にならないぎりぎりの線を伝えたつもりだった。しかし、彼女の頭の切り替え、判断はすばやかった。

「もしもわたしがあの会社を退社したら、そのときには、個人的な関係になる可能性がある、そう受け取ってもいいですか?」

「個人的な関係というのは、仕事先ではなく、女性という単語に掛かっているのだと思ってもらえれば助かります」

自分が口にできる限界域に近かった。これ以上はっきり言ってしまったら、本当に得意先を一社失ってしまいかねない。やはりこの会食はどんな理屈をつけてでも断るべきだったと、ここまで追い込まれて初めて、本心から後悔していた。

真紀子はしばし小首をかしげて考えこんでいたが、やがて何かに思い当たったというように、こちらの目を見据えて言った。

「つまり天宮さんは、いまは恋愛よりも仕事に集中したいと?」

どこをどう曲解したら、そんな解答が出てくるのか。遠回しな表現が通用しない人物というのはいるものだが、明らかに目の前の女もその一人だった。遠回しな言い方でやんわりと拒絶しているつもりなのだが、あまりに察しの悪い相手とこれ以上話していると、思わぬ方向へ誤解が転がりかねない危惧がある。

やはり今日のところはとりあえず、みすずの助言に従ってやり過ごしたほうがよさそうだった。トイレに行って指示通りにメールを入れた。

席に戻って十分が経過したとき、携帯のバイブレータが震えた。ディスプレイを確認して、急用が入った雰囲気を真紀子に向けてアピールしてから席を立った。

「きみも大変だね」電話の向こうでみすずが言った。

「ありがとう、助かった」

「とりあえずやり過ごすのには、いいアイディアでしょ」

「もしかすると、また次も使わせてもらうかもしれない」

「おやすい御用……ごめん、もう切っていいかな。なんだかさっきから胸が苦しくて」

恋の病かと軽口を叩きそうになって、やめた。彼女の声には明らかに力がなかった。

「病院へ行ったほうがいいんじゃないか？　確か北仙台駅の近くに、夜間の救急病院があったと思うけど」

「大丈夫。私には五郎がついてるから」

「いくら頼りがいがあるっていったって、犬は犬だ。いざというときに看病してくれたり一一九番に電話してくれるわけじゃない」

急いで電話を切って席まで戻り、急用ができたので帰らなければならなくなったと真紀子に告げた。裏工作のつもりだったが、いまではみすずのことが本気で心配になっていた。

真紀子は疑うでもなくいぶかしがるでもなく、素直にわかりましたと言った。支払いは七・三の割り勘にして店の外へ出た。

「また連絡します。あ、次は居酒屋にしませんか？　わたし、良いお店を知ってますから」

少しふらついた足どりで歩いていく真紀子の後ろ姿を見送ってから、秀人は地下鉄駅へ向かった。

ホームで電車を待っているとき、みすずの携帯に電話を入れた。だが電源が切られているわけでも留守番電話になるでもなく、いつまでもコール音が鳴るだけだった。

†

自宅の寝室で、葛西みすずは亡《な》くなっていた。

秀人が部屋に入ったとき、傍《かたわ》らには寄り添うように五郎丸が座っていて、クゥンと哀《かな》しげな声を出した。最初に訪ねたとき、インターフォンを鳴らしても応答がなかった。

いったん外へ出て部屋の窓を見ると、室内の灯りがついていた。激しい不安に駆られてどうすべきか考えた結論が、ロビーのプレートに書かれていたマンションの管理会社に連絡することだった。

しかし警備会社の人間がやってきたときには、ゆうに一時間以上が経過していた。マスターキーで解錠《かいじょう》して中へ入り、寝室のドアを開けるとみすずがベッドに横たわっていたのだった。一見すると眠っているようでもあったが、血の気がないことに気づいた警備会社の人間が急いで一一九番へ連絡した。

救急車のストレッチャーに乗せられた時点で、彼女はすでに心肺停止の状態だった。不審死であるのは間違いなく、秀人は病院の救急センター待合室で警察から事情聴取を受けた。第一発見者であり、携帯電話の通話履歴も最後だったから疑惑の目が向けられるのも仕方がないと観念していたし、実際質問される内容も、彼女とどのような間柄なのかという点に集中した。

疑いが晴れたのは、死亡推定時刻とされる時間帯に桂木真紀子と一緒に食事をしていたことが証明され、その事実がアリバイとなったからだった。結果的には真紀子に誘われたことが不在証明となったのだから皮肉なものだ。

ほどなく、死因が急性心筋梗塞と特定されるに至って、事件性はないとの判断から突発的な病死として処理されることになった。

通夜も告別式も行なわれず、北海道からきたという彼女の母親と秀人、彼女の職場の上司の三人だけが火葬に立ち会った。二月十四日、世間がバレンタインデーに浮かれているその日、火葬場の待合室に腰かけているとき、それまでずっと黙りこんでいた母親がこんなことを言った。

「あの子が飼っていた犬を、引き取ってはいただけないでしょうか」

突然の申し出に、秀人も、藤本というその上司も戸惑っていた。母親は懇願《こんがん》するようにつづけた。

「うちは狭いアパートで、とてもあんな大きな犬を飼う余裕はありません。だからこちらの保健所に引きとってもらうしかないと思っていたのですけど、みすずはもう何年もあの犬を飼っていたと聞きましたし、最期を看取《みと》ってくれた犬でもあります。だから、娘と縁のある方に引き取ってもらえたなら、あの子もよろこんでくれるんじゃないかと思いまして」

「私は動物が苦手なので飼えませんが、当たってみましょうか」

藤本がそう言った。秀人も、マンション暮らしである旨を告げてから、自分も知人に当たってみると伝えた。

「不躾《ぶしつけ》なことで申し訳ありませんけれど、よろしくお願いいたします」

それから母親は問わず語りに、みすずとの思い出話をはじめた。

あの子は小さい頃から、母親である自分の話をよく聞いてくれる子でした。あの子がまだ幼い頃に夫と離婚して、女手ひとつで育てた一人娘で、あの子が高校にあがった頃には、親子というより女友だちみたいな関係でした。よそさまには話せないような愚痴でも、あの子は真剣に聞いてくれたものです。

「頬をこんなふうに膨らませて」彼女は涙顔のまま、みすずの真似をした。「真面目《まじめ》な顔をして聞いてくれました。それが可愛くてねえ」

そして最後に、ぽつりと尋ねた。

「あの子は、幸せだったでしょうか」

どう答えればいいのか見当がつかなかったので、秀人は黙っていた。

「葛西さんが幸せだったのかどうか、私にはわかりかねますが」藤本はそこでしばし何かを考えていた。「いつだったか、こんなことを言ってくれたのを憶えてます。この仕事は、自分の天職だと思う、と。だから少なくとも、仕事に関してはやりがいを感じてくれていたのかもしれません。返事になっていないかもしれませんが」

そうですか、とみすずの母親はつぶやいた。どこかほっとした感じに見えた。

五郎丸のことは、亡くなったみすずの気持ちと、そして彼女と一緒に過ごした年月を考えれば、保健所に連れていくわけにはいかなかった。友人でも仕事関係でもいいから、とにかく手当り次第に捜してみるしかないと思った。最悪の場合は、いつかみすずが話していた動物病院をどうにか見つけて連絡をつけられれば、少しの間ぐらい
だったら預かってくれるかもしれない。

いずれにしても引き取り手が見つかるまで、自分が面倒を見るしかないかと思い、母親にその旨を告げた。彼女は小さな身体を何度も折り曲げて、秀人に礼を述べた。

そんなふうにして、葛西みすずの遺骨は北海道へ帰っていった。

新しい飼い主は、藤本の線から見つかった。

秀人も、五郎丸の写真を添付したメールを知人や友人に送りつけていたのだが、藤本の行きつけの居酒屋から、秋田犬なら一度会ってみたいという客がいると連絡があったそうだ。東京から家族で移り住んできた転勤族らしく、一軒家に住むことになったのでちょうど大型犬を飼いたいと考えていた。もし人馴れしている犬ならば、すぐにでも飼いたいし、小さい息子もよろこぶはずだと話している。

秀人は事前情報として、みすずから聞いている五郎丸の性格や癖をメモにまとめて、藤本にメールした。

数日後、秀人は五郎丸を車に乗せてその居酒屋へ行き、ひげ面の店主に引き渡した。さらに一週間ほどした頃、その家族がよろこんで飼いたいと言っていると連絡がきた。秀人は藤本に礼を述べ、ようやく肩の重荷を下ろしたような心持ちになった。

そしてほっとしたとき、葛西みすずとは二度と会えないのだという、底知れない哀しみに襲われた。話を聞いてくれる相手は、もういないのだ。

日が経つごとにその気持ちは強くなっていった。自分がもう少し早く部屋へ行けたら彼女を救えたのではないかという、幾ばくかの罪悪感。それが無理だったとしても、せめて最期の瞬間を看取ってやれなかったのかという後悔。自分はこのことを、一生抱えて生きていくに違いない。

葛西みすずの人生は、幸福だったろうかと考えることがある。死ぬ間際、彼女が何を思い何を感じていたのかをいまさら知ることはできない。でも、傍らには五郎丸がいてくれた。彼女は独りぼっちではなかった。

でも私、最近すごく幸せなんだけど――。

あのとき、みすずは軽い口調で言った。彼女の生涯は確かに短かったけれど、でも幸せだったと、せめて秀人はそう思いたかった。

第六話　むくの犬

「おい次郎《じろう》、ちょっくら遣《つか》いに行ってきてくれろ」

「いまから学校なんだけど」

「学校たって大学なんだ、遅刻すりゃいいだろうがよ」

「いや、無理だから。単位ぎりぎりで、しかも必修科目をまだ三つも取らなきゃならないんだし」

そう言ってしまってから、こんな話をじいちゃんにしても無駄どころか火に油を注ぐばかりだったと、次郎は気がついた。常日頃から、なぜか大学というものに敵意を抱いているふしがある。

「ほう、そうかい。この大切なじいちゃんの遣いを断ってまで行かなきゃなんねえ学校だっていうんだったら、そんなものは人の道に反してるな。とっとと辞めちまえ、そんでもってだな……」

「おれの弟子《でし》になれ、だろ。もう聞き飽きてわかってるから」

「いんや、わかっちゃねえな。忠犬ハチ公だってな、育ててもらった恩義を忘れねえで、飼い主が死んでも毎日駅まで迎えに行ったたっていうじゃねえか。それに比べて次郎、おめえは犬っころ以下ってこったぞ。まったく人間ってやつは、めんこいのはガキのころだけで、てめえひとりで大きくなったと勘違いしてやがる。次郎、おまえは犬以下だ」

「はいはい、行けばいいんでしょ。わかりました、お遣いに行ってきます」

じいちゃんと口論している暇があったらさっさと用事をすませて、それから急いで学校へ向かったほうが結果的には時間の節約になるというのは、小さいころから嫌というほど思い知らされている。

結局ドラッグストアまで行って、タコのイボ取りを買って帰っていつものようにお駄賃をもらってから、ミニバイクを飛ばして大学へ向かう。小学校一年生で初めてお遣いに行ったとき以来、次郎のお駄賃はずーっと百円玉一枚で固定されている。

こんなふうにうちのじいちゃんは、口の悪さじゃ天下一品だ。

家族の中でも、ご近所さんでも、仕事仲間でも——じいちゃんは今年で八十歳になるが、庭師の仕事をしていてまだ現役バリバリである——じいちゃんに口喧嘩させたらかなう者なし、とまで言われているほどの猛者《もさ》だ。

名前は、丹下《たんげ》兵蔵《へいぞう》。なんだか江戸時代の武士のようだ。本人は大好きな鬼平犯科帳《おにへいはんかちょう》の主人公に自分を重ねているらしく、確かに鬼の部分は当たっているかもしれないけど、武士は武士でも傘張り浪人ふうな感じだなと次郎は思っている。

孫である次郎は、上に姉が一人いる末っ子長男なので、二番目だから次郎という名もおかしくはないと思う人もいるかもしれない。けれどそのことと名前とはじつは無関係で、命名者であるじいちゃんが、白洲《しらす》次郎という人物を敬愛していたからという、ただそれだけの理由で付けられたのだと母親から耳たこで聞かされてきた。

その人は当時としては相当モダンな人だったそうで、留学先の英国から帰ってからは地元電力会社の初代会長に就任した傑物ということで、じいちゃんには強い思い入れがあるのだそうだ。

我が家は、いまどきちょっと珍しい三世代同居家族だ。元気があり余っているじいちゃん、空気のように目立たないけどやさしいばあちゃん、ごくごく普通の両親、ちょっと口うるさい姉、そして次郎の六人家族である。毎日賑やかといえば聞こえはいいが、正直やかましいし、うっとうしい。

その代表選手は、言うまでもないのだけど、じいちゃんだ。

丹下家に唐突に仔犬がやってきたのは、七月のよく晴れた日曜日のことだった。もっとも仔犬がよちよちと自分で歩いてくるわけもないので、また例によってじいちゃんが家族になんの断りもなく勝手に連れてきたのである。

その日は大学のサークルの友人たちと海へ遊びに行って、夕方からアルコールをたしなんできたりしたものだから帰りが遅くなった。夜の十時過ぎに家の玄関を開けたとたん、居間のほうから白い塊が勢いよく転がってきた（ように見えた）から、驚いて三和土《たたき》のところで飛び上がってしまい、着地する際にその生き物（とようやくわかった）を踏みつけないようにと片足をついたものだから、足首を捻《ひね》る始末だった。

足もとにまとわりつく仔犬を引き連れて居間へ入ると、姉の美津《みつ》がにやにや笑って待っていた。

「びっくりしたでしょ？　だよね、そうだよねえ」

人が驚いているのがどうしてそんなにうれしいのか知らないが、しきりにそんなことを言う。

「なんでいきなり犬なんだよ。てか、なんだよこの仔犬」

「じいちゃんに決まってるでしょうが。どこかのお友だちからもらってきたんだって、ひと目見て気に入ったとかで」

「犯人は、やっぱりじいちゃんか」

じいちゃんの友だちは昔から風変わりな人が多い。金持ちなのに家が無くて全国を放浪している人とか、家族を引き連れて全国の埋蔵金探しをしている人とか。

「そのお友だちの人は、どこか山奥のほうで秋田犬をたくさん飼ってたらしいんだけど、何かの都合があって、その犬たちを全部手放さなくちゃいけなくなったんだって。それで生まれた仔犬たちを全部、知り合いに分けたみたい」

「ふうん、秋田犬なんだこいつ。何歳？」

「まだ生後三ヵ月だって。かわいいよねえ」

まっ白なその仔犬を見た。人が増えたのがうれしいのか、小さな舌をだして、くるりと丸まった尻尾をしきりに振っている。肩までの高さはせいぜい四十センチ、ちょっと大きめの猫という風情だ。

「こういうのを無垢な犬っていうのかな」

「ばかだねえ。尨犬《むくいぬ》っていうのは毛がふさふさした犬のことだよ」

「そうなんだ」

犬は飼ったことがないからよくわからないのだが、いまこいつがよろこんでいるのだということだけは確実に伝わってくる。不思議なものだなと思った。人間とはまるで顔だちが違うのに、なぜか相手の表情を見ていると感情が手に取るようにわかった。

それにしても落ち着きがない。次郎の足もとから座布団に座る美津のところへ行ったかと思えば、膝頭《ひざがしら》に前脚をのせてくんくんと匂いを嗅ぎ、それから大きなテーブルの下へ潜り込んでテーブルの脚をかじったかと思う間もなく、ふたたび次郎のところへ戻ってくるといった具合だ。見ていて飽きるということがない。

「もしかして、室内犬にする気かな」

「まさかぁ、じいちゃんだよ？　仔犬とはいえそんな甘やかすような育てかた、するわけないでしょうが。あ、それとこの犬、名前もう決まってるから」

「なんていうの」

「五郎丸」

「ってことは、オスか。じいちゃんがまた勝手に付けた名前だな」

よりによって、仔犬の名前が五郎丸。傘張り浪人のような名前のじいちゃんが、今度は戦国時代の武将の幼名みたいな名前を仔犬に付けたと次郎は思った。

「残念だけど、もらってきた時点で名前はついていたらしいよ」

「え、そんなのってありなのか？」

「元の飼い主の、つまりこの仔犬が産まれた家の人の希望らしい。じいちゃんは理由を話そうとしないから詳細は不明なんだけど、とにかくその名で呼んでやって欲しいって頼まれたんだって」

「それにしても変な名前だな」

「いいじゃない、五郎丸。なんか凛々しい感じがするよ」

足もとをちょろちょろと動き回っている犬を抱きあげて、次郎は言った。

「でもさあ、この丸々と太った仔犬に似合わなくない？　もう少しこう、片仮名っぽい名前のほうが合ってる気がするんだけど」

「ばかねえ、こんなに小さいのはいまだけで、あっという間に大きくなるんだから。秋田犬だよ？」

そう言われてもぴんとこなかった。そもそも秋田犬というものをこれまでに見た記憶がない。と、そこでふと疑問が兆した。

「なあ、犬って名字も付けるのかな」

「さあ、どうなんだろう」

「丹下、五郎丸」

口に出してみると、ますます時代劇の侍《さむらい》っぽさが増した。だけど、まんざら悪くはない。じいちゃんの好きな時代劇みたいに、片目に眼帯《がんたい》をして刀を振り回す仔犬の姿を想像して、思わず噴きだしたところで美津が言った。

「そういえば、明日起きたらすぐにホームセンターへ行って、材料を買ってきて犬小屋作るってじいちゃん張りきってたから」

「あちゃー、だったら明日はじいちゃんが店から帰ってくるまでに学校行かないと。間違いなく、手伝えって命令が下るだろうから」

「さあて、逃げられるかな？」

ぜって―逃げる、と酔いにまかせて勢いづいて言ったまではよかったのだが、案の定魔の手から逃れることはできず、大工仕事を手伝わされる羽目になってしまった。

仔犬は、見る間に大きくなった。笑えたのが、いや次郎にとっては笑えるような状況ではなかったのだけど、じいちゃんが秋田犬の成長っぷりを見誤ったことだった。丹下家に来たときは本当にちょっと大きな縫いぐるみ程度だったのが、それから半年もたたない間に、全体的な印象としては五倍ぐらいになったのではないかというほど大きく育っていた。

笑えない状況というのは、その間に二度も犬小屋を作り直す手伝いをさせられて、最後などほとんどすべてを、次郎ひとりで作らされたようなものだったからだ。庭師の仕事は春から秋までが特に忙しく、肝心のじいちゃんは早朝から夕方まで仕事に出かけている。帰ってきてまで働かせるのかと、自分の見当違いを棚にあげておいて、窮屈になってきたからまた改築だなと、まるで他人事のように次郎に向かって言い放つのだった。

庭師の親方というのは、特にじいちゃんほどの年になると、現場に行ってもほとんど指図しているだけで、楽なもんらしい。庭師という仕事を決して甘く見ているわけではなくて、じいちゃん本人が晩酌《ばんしゃく》しながら笑って言っていたことである。さすがにこの年齢の現役は相当珍しいらしいのだが。

なのに、都合の悪いときだけは孫に押しつけてくるのだ。自分の息子に、つまり次郎の父親にやらせればいいのではとだめ元で進言してはみたけれども、あいつは不器用だからできるわけがないの一点張りだった。しかも父は会社員で、じいちゃんの休日である日曜が出勤日という流通関係の仕事をしているので、はなからあてにしていないみたいだった。

じいちゃんは五郎丸をかわいがった。猫かわいがりというが、じいちゃんの場合は相手が犬だけど、まさにそんな状態だった。次郎も美津も、自分たちは小さいころでもあれほどかわいがられた記憶がないと口々に言い募《つの》ったが、じいちゃんはどこ吹く風だった。

ただし昔の人だけに、犬に服を着せるとかいう妙な方向へいかなかったのは幸いだった。ことに徹底していたのが食べ物で、ドッグフードは一切禁止、魚のアラや鶏肉と野菜を煮たものを食べさせていた。おかげで我が家の台所は五郎丸の食事を作るたびごとに、なかなか微妙な匂いで満たされることになった。犬の好物でもある骨についても、鶏の骨は縦に裂けて喉に刺さって危ないからだめだぞと、元の飼い主からの指示を忠実に守らされた。

出がけに玄関脇の犬小屋で全身を撫でてやり、帰ってくると家に入る前に数十分もかけてスキンシップするという、コミュニケーション面でとにかくかわいがってい た。そのようすは家族が見ていても微笑《ほほえ》ましくなるほどで、これまで一度も感じたこ とのない嫉妬に似た気持ちが、わずかだけだが次郎に芽生えたほどである。あんなじ いちゃんでも、やっぱり血を分けた祖父なんだなとあらためて感じたものだ。

だから、散歩に連れていくのもじいちゃんが多かった。自分の体調が悪いときや雨 風が強いときには、じいちゃんに命じられて次郎が散歩に行くことがあった。目に見 えて大きく力強くなっていく五郎丸の姿は、そばで見ていると頼もしく思えてくるほ どだった。

次郎がサッシ越しに庭を眺めているときなど、時折興味深い光景を見ることがあっ た。家の周辺には何匹かの野良猫が住み着いているのだが、たまに家の庭を通過して いくことがある。

最初のころの五郎丸は、猫が姿を現わすたびにうなったり吠えたてたりしていたか ら、その声にぎょっとした猫が猛スピードで逃げる、という状況がつづいていた。と ころがしばらくすると、猫のほうも学習したらしかった。

初めは互いに牽制し合うような雰囲気だったくせに、五郎丸が成長するに従って落 ち着きが出てきて、めったなことでは吠えなくなった。すると猫も、ある一定の距離 を保って庭の片隅に座っていたりして、相手の存在を気にしないようになっていた。

しかし次郎がよくよく観察してみたところによれば、猫は犬が繋がれているロープの届く範囲から、やや外れた場所にちょこんと座っているのだった。微妙な、友好とも緊張ともつかない犬と猫の関係を眺めているうちに、次郎は思わず噴きだしてしまうことがよくあった。

猫の中に一匹だけ、みずから進んで犬にちょっかいをかけようとするふてぶてしいやつがいた。近所の小学生たちがタマと勝手に呼んでいる、野良猫の親玉みたいなやつだった。白と茶色のぶち猫で、よほど度胸が据わっているのか、完全に五郎丸の射程距離の内側へ入った。寝そべっていた五郎丸が立ちあがり、前脚を伸ばしたのを見て、反射的に次郎はがばっと立ち上がった。

やられる、と思った。すると五郎丸は伸ばしたその脚で、まるで撫でてやるかのように猫の頭にそっと触ったのだった。そして猫は猫で、愛おしそうに犬の脚を舐《な》めている。

理屈では割り切れない、何か不思議な生き物どうしの関係を見せられた気がして、しばらくの間頬をゆるませてその光景を眺めた。

大きくなった五郎丸が、丹下家のさほど広くもない庭と家族にすっかり馴染んできた頃、その事件は起きた。

†

「大変、タマが死んでる！」

美津がそう言って駆け込んできたのは、庭のすみにまだ雪が残る早春のことだった。その日家にいたのは次郎一人だけで、家族全員が仕事やらそれぞれの用事やらで出かけていた。

「どこでだよ？」

「近くの駐車場。ほら、最近アスファルト舗装《ほそう》されてきれいになった、コインパーキングがあるじゃない、あそこ」

「ここんところまた急に冷えたから、寒さに耐えきれなかったのかなあ」

「何のんびりしたこと言ってるの、血を吐いてたんだって」

さすがに次郎も驚いて、美津に腕を引っぱられるようにして駐車場へ向かった。そういえば少し前に、この辺で野良猫が何匹かつづけざまに死んだという噂を、姉が話していたなと思い出した。

美津に命令されて、次郎はいったん家へ帰って段ボール箱を持ってきてから、猫をその中に入れて家へ戻るはめになった。タマの吐瀉物《としゃぶつ》は本当に、何かの食べ物と血が混じったものだった。

野良猫であるタマは、歴戦の強者《つわもの》らしく顔に傷痕が残っており、鳴き声もふてぶてしかった。下校する小学生たちが、駐車場で遊んでいるところを何度か見かけたことがあった。猫好きの姉は、我が家の庭を通りすぎるときなど、ときどき餌を与えていたという。

「これ、どうするつもりで持ち帰ったんだよ」

プレハブ物置の前に置いた段ボール箱をあごで指して、次郎は訊いた。強硬な姉の態度に折れてつい言いなりになったはいいが、なぜ自宅へ持ち帰ったのか理由がわからなかった。

「だって、あのままにしてたらかわいそうじゃない。タマには身寄りもないんだし」

「そりゃ野良猫だからそうだろうけどさ。でも身寄りって」

「とにかく放りっぱなしにはしておけないと思ったから、家の庭にでも埋めてあげようかなと思って。でも、もしかしたらタマも……殺されたのかも」

「こ、殺された？」

美津の口から飛び出した不穏な言葉に、思わず声が裏返る。子どものころから妄想癖のある姉ではあるが、それにしても殺猫事件とは穏やかではない。

「どうやらそうらしいっていう話。らしいっていうのは、誰もはっきりとは断言できないからみたいだけど、お母さんが近所の人から聞いたって」

「いや、いくらなんでも考えすぎじゃねえの。この猫にしたって、車にひかれたのかもしれないよ。駐車場の中なんだし」

美津ははっきり否定するように首を横に振った。

「違う。だって体のどこにも傷なんてついてなかったし、骨だって折れてなかったもの。最初に見つけたときに全身を撫でてあげたからわかるんだ。とにかくここ何ヵ月かの間に、このご近所で猫が立てつづけに殺されてるんだよ。遠山《とおやま》さん家の猫もやっぱり急に死んじゃって、おかしいと思って動物病院へ連れていったんだって。そうしたらどうも、毒入りの餌を食べたんじゃないかって言われたみたい」

そういえば、殺人などの凶悪事件を起こす前に、犯人は人間以外の動物を殺傷しているケースが多いと何かで読んだ覚えがある。ともあれ独断で土を掘って埋めるわけにもいかず、家族が揃ったところで意見を聞いてみることにした。

夕食のときに姉がその話題を持ち出すと、まず初めに発言したのは案の定、じいちゃんだった。

「それは手厚く葬ってやらんといかんな。お姉ちゃんのやったことは偉いし、褒められるべきことだ。拍手」全員に無理やり拍手を強制しておいて、じいちゃんはつづけた。「だけどな美津、道端で死んでる生き物を拾ってくると一緒に悪霊までついてくると言われとるからな、今夜は気をつけたほうがいいぞ」

「やだもう、変なこと言わないで」

怖がった姉が自分の両腕をさするようにすると、じいちゃんはかっかっかっと豪快に笑った。この人が愉快になるポイントは、本当に見当がつかない。次に母親が、近所で猫の不審死が相次いでいるという話題を持ち出すと、今度はばあちゃんも茶飲み友だちから同じ話を聞かされたとつづけた。

なんだか気持ち悪いからとにかく気をつけようという、きわめて茫漠とした役に立たない結論が出たところで、その夜は終わった。

数日後、夕方に次郎が大学から戻ると、母親とばあちゃんが深刻な表情で顔を突き合わせていた。どうしたのかと訊いてみると、母親は疲れきったという表情でこんなことを言った。

「五郎丸がね、人を襲ったの」

絶句した。我が家へ来てかれこれ半年以上になるが、そんなことはこれまでに一度もなかった。家族はもちろん、お茶飲みにくる近所の人たちにも、ときどき遊びにくる次郎や美津の友人に対しても、そんなことは皆無だった。

「誰を？　怪我《けが》したの？」

「ううん、怪我っていうほどたいしたものじゃなかったけど。狂犬病とかジステンパーとか予防接種はちゃんと済ませてるし、そういう心配はないと思うんだけど、なにせ相手がねえ」

「だから、誰を襲ったの」

「マリエちゃんって知ってるかな。芝原《しばはら》さん家の、小学生のお孫さん」

次郎は無意識に顔をしかめていた。

「顔を見かけたことぐらいならあるけど、でもどうして五郎丸がその子に襲いかかったりしたんだよ。ちゃんと犬小屋につないでたんだろう？」

「もちろんつないでたわよ。初めは私も気がつかなかったんだけど、マリエちゃんが犬小屋の近くにいたから声をかけてみたの。そうしたら、犬が好きだから遊んでもいいですかって言うから、私もあんまり深く考えないでどうぞって答えて、そのまま部屋の拭き掃除をつづけていたの。五郎丸は体こそ大きくなったけど、まだ私の中では仔犬だっていうイメージがあって油断したのかな。それで少したったころ、庭から悲鳴が聞こえてきたからびっくりして飛び出したら、マリエちゃんが転んで泣いてたの」

青くなった母親は、マリエの怪我を調べた。頭は大丈夫そうだったけれど、転んだときに擦《す》りむいたのか肘から血が出ていた。応急処置のつもりで消毒して、殺菌クリームを塗ってから包帯を巻いてやった。芝原家まで送り届けると、たまたま家には誰もいなかったので、あとでまたくるねとマリエに伝えていったん家へ戻った。

すると一時間も経たないうちに、案の定、芝原のじいさんが怒鳴り込んできた。孫が怪我をしたと知ってすっかり頭に血が上ったじいさんは、鬼の首を取って踏みつける勢いだったそうだ。

本当か嘘かは知らないが、すでに近くの交番に知らせてきたと言い、あんな危ない犬はすぐにでも保健所へ連れて行って処分しろといきり立った。母親はどうにか事を穏便に収めようと試みたものの、いかんせん現場を見ていたのだから、どうしようもなかった。

「よりによって、なんで芝原さんの家の孫に」

「やっぱり送っていったとき、家族の誰かが戻ってくるまで待ってればよかった。あのときは気が動転してたから」

芝原家は近所といえば近所だが、歩いて五分ほどの場所にあり、孫娘のマリエは近くの小学校に通う五年生だという。

ともあれ最大の問題は、うちのじいちゃんと芝原のじいさんとが町内でも有名な犬猿の仲である事実だった。我が家では犬と猫が仲良くやっているが、やはり犬と猿はだめらしい。うちのじいちゃんは、はっきりいって口は悪いが不思議と人望のあるタイプで、一方芝原のじいさんはどちらかというと自慢話が多く、疎《うと》ましがられるタイプの人物だそうである。

そうであるというのは、母親やばあちゃんが収集してきた情報によるものなので、家族を依怙《えこ》贔屓《ひいき》するのは当然ともいえ、信憑性《しんぴょうせい》の面でやや不確かな部分があるからだ。面倒くさがりなうちのじいちゃんと違って、芝原のじいさんは町内会等の会合に顔をだすのが好きで、機会あるごとに現役で仕事していたころの成功談をしては、いつもほかの参加者をうんざりさせているらしかった。

その孫を、よりによって我が家の飼い犬が襲ったわけだった。犬の体高は肩までの高さで計るが、ほぼ成犬となった五郎丸はいまや七十センチ。それが小学生の女の子に向かって立ち上がったら、それは恐ろしいに違いない。

「芝原のおじいさんに、こんな住宅密集地で、よりによってこんなばかでかい犬を飼うとは非常識にもほどがあるって言われて返す言葉がなかったわよ。おまえのところの犬は、狂犬のバカ犬かって」

「ひでえ言い草だな。それで母さんはなんて答えたんだよ」

「答えるも何も、ただひたすらごめんなさいって頭を下げるしかないでしょう。だってそれ以外、何ができるの」

確かに。ただ、じいちゃんが帰ってきたときにそんな対応をとったと知れば、相手が相手だけに、なぜ怒鳴り返さなかったんだと逆に叱られてしまいそうな気もする。

こんな偏屈な二人の年寄りに板挟みにされた母親が、ひどく不憫《ふびん》に思えてきた。

「でも、そもそも遊ばせてほしいって入ってきたのは女の子のほうなんだよね」

「そうじゃなくて、入ってきていたのに私があとで気づいたの」

「だったら、相手も少しは悪いんじゃないか」

「そう言ったらそうかもしれないけど、もうこれ以上波風立てたくないわ」

すると、それまで置物のように黙りこくっていたばあちゃんが、ぼそりとこんなことを呟いた。

「波風は、もう充分たってるじゃないか。賠償金を払えって、捨て台詞を残して帰っていったんだから」

「賠償金って、転んだ怪我の被害でってこと？」

「こんなことも言ってたっけね。おまえの家の犬が、近所の猫を咬《か》み殺して歩いているんじゃないのかって」

まったく無茶苦茶で、言いがかりも甚《はなは》だしい。いや、もちろん転んで怪我させてしまったのだから治療費ぐらいは払うべきだとは思うが、賠償金とはあまりに大げさだ。そもそも放し飼いにしていたわけでもないし、我が家の敷地内に勝手に入ってきたのは相手のほうなのだ。

母親が口から出した、憂鬱だわ、という言葉はあまりに重くて床にごとりと落ちたように思えた。

騒動は、それだけでは終わらなかった。

夕食後、芝原のじいさんがふたたび孫を引き連れて訪れて、我が家のじいちゃんがそれを迎え撃つかたちとなった。それはまったく年齢を感じさせない口論で、次郎は竜虎相打つという古い言葉を思い出したぐらいだ。

二人の間では、他の人間が入る余地がないほど激しい口喧嘩がくり広げられたが、数分たったころ、じいちゃんがふっと意識を失って倒れた。

母親が何度呼びかけても返事をしないので、次郎が慌てて救急車を呼んでいる間に、じいちゃんはいびきをかきはじめた。まずいと思った。突然の出来事に、すっかり毒気を抜かれた芝原のじいさんと孫を置き去りにして、次郎と母親は救急車に乗りこんだ。

†

ふと振り返って、救急車の窓から赤い回転灯に照らされながら遠ざかる家を見た。犬小屋にロープでつながれたままの五郎丸が、救急車を追いかけようとしてか、首輪がちぎれるほどの勢いで杭の周りを走っていた。

悪い出来事というのは本当につづくものだ。

しかも悪い噂というものは、どんどん人間の好奇心を吸収しながら肥大していくと思い知らされた。これまで好意的だったお隣さんやご近所さんたちが、我が家の噂をしているらしい。

でもそれも、客観的に聞かされれば無理もないなとは思う。まず初めに犬と遊ぼうとした芝原さん家の孫を襲い、それについて話し合いにきた芝原のじいさんに、丹下家のじいちゃんが例の悪口雑言で対抗しているさなかに脳梗塞《のうこうそく》で倒れた、という流れなのである。

どこをどうひいき目に見たところで、丹下家には悪い流れがきているとしか思われない。大学の教養課程だったころ、心理学の講義でシンクロニシティという言葉を知った。かいつまんでいえば意味のある偶然というところだが、いま我が家にはまさに、負のシンクロニシティが押し寄せていた。

不幸中の幸いは、じいちゃんが命を取り留めたことだ。脳梗塞は治癒すればあとは安心という種類の病気ではないが、予後はそれほど悪くないそうである。とはいえ医師の話によると、年相応に動脈硬化は進んでいるし、軽い後遺症も避けられない。だからリハビリにはしっかり取り組まなければならないと言われたそうだ。

じいちゃんが入院して十日ばかりが過ぎたころ、買い物に出かけていた母親がいっそう暗い面持ちで帰ってきた。聞けば、近所の八百屋で知り合いの奥さんに話しかけられたのだが、それがまた我が家の噂だった。

「うちに悪いことばっかりつづくのは、五郎ちゃんがきてからだっていうのよ」

母親が溜息をついて言う。一日四時間のパートの合間にほぼ連日病院へ通っていることもあってかなり疲れているようで、ひどく老け込んで見える。

「なんだよそれ。五郎丸は関係ない、そんなのうちの家族はみんなわかってる」

「それはそうよ。でも」母親は手のひらに顔をうずめた。「そう言われてみれば、そんな気もしてくるの。人間の勝手な思い込みだって頭ではわかってるつもりなんだけど、やっぱりね」

心が弱っているのだ。気持ちも萎えている。それは家族全員がそうだった。そしてその夜、いつもかやの外にいたはずの父親が、珍しく早く帰ってきて夕食を食べているとき、なんの脈絡もなくこう切り出した。

「五郎丸の、里親を捜してやるつもりだ」

母親もばあちゃんも、もちろん次郎も、一瞬呆気にとられた。我が家の犬が人を襲ったときも、じいちゃんが倒れて緊急入院したときも、父親は淡々とやるべきことをやるだけで、感情をあらわにしたことがなかった。こと五郎丸に関しては、丹下家でもっとも無関心といえる立場を貫いていた。

「いきなり何言ってんの。なんで急に里親なんて話が出てくるんだよ」

次郎が突っかかると、父親は思いがけないことを言った。

「じつは昨日、バス停で佐東《さとう》さんに話しかけられたんだ。我が家について、なんていうか、嫌な噂が流れてるそうだな」

「知ってるよ、それぐらい。そんなのおれたちさえ気にしなけりゃ……」

「いいから話を聞け」

父親が聞かされた噂というのはこうだった。

丹下という家は、いまの前の代から災厄《さいやく》つづきだった。そもそもあそこは町内の鬼門にあたる場所で、家を建てるべき土地ではない。今度の一件も信じがたい対応で、人を襲った犬だというのに処分するつもりもなく、何食わぬ顔で図々しく飼いつづけている。じいさんが倒れたのもその報《むく》いに相違なく、家族全員が心を入れ替えないかぎり、さらに天罰が下されるだろう――。

「芝原のじじいだ、完璧に」次郎は、奥歯で名前をすり潰すように言った。

「じじいとか言わないの」母親がたしなめ、それを引き取って父親がつづけた。

「それに、芝原のじいさんが言いふらしてると決まったわけじゃない。もちろんその可能性は高いというのはわかるが、噂なんてものはいったん流布《るふ》してしまったら最後、どこが出どころかなんて突き止めるのは不可能だし、そんなことをしたって意味がない。事実、もうほとんどの人が知ってるわけだしな。それは、会社組織だって町内会だっておんなじだ」

「だからといって、根も葉もない噂に負けて五郎丸を見捨てるのかよ」

「根も葉もないと言い切ってしまえるのならいいが、残念ながら、一部は事実だ。うちの飼い犬がよその家の子どもを襲ったのは事実なんだし、うちのじいさんが芝原のじいさんに対して、売り言葉に買い言葉で悪口を言いまくったのも事実だ。そうだろう？」

父親はその場にいた母親に向かって、確認するように尋ねた。母親は、まあねと曖昧に答えただけだった。あのとき次郎は居間で聞いていただけだが、芝原のじいさんのほうが、よほどひどい言葉を使っていた。

母親が、じつはね、と前置きして話し出す。

「昨日、交番からお巡りさんがきたの。お宅の飼い犬が人を襲ったと通報がありましたが、事実かどうか確認にきましたっていって」

「マジか。それで？」

「もちろん事実を話した。だって仕方がないでしょう、マリエちゃんを転ばせて怪我させてしまったのは本当なんだし」

「それって当然、芝原のじいさんが通報したんだろう。あいつ、本気で訴訟《そしょう》とか起こすつもりなんじゃないだろうな」

「だから、あいつとか言わないの」

「とにかく、だ。おれはもう決めた」父親が珍しく決然とした口調で言った。「五郎丸に罪はない。おれはそう信じている。だけど我が家はこれまでもこれからもここで暮らしていくわけだから、ご近所すべてを敵にまわして生活していくわけにはいかない。わかってくれ」

「だから、なんでおれだけに向かって言うんだよ」

「じいちゃんが入院したいま、五郎丸の係は次郎だろう」

「なんだよ、係って」

そんな係になった覚えはない。もちろん散歩は、春休みで暇な次郎が連れていく日がほとんどだし、忙しい母親の代わりによく食べ物もやっていた。でも別に、自分が五郎丸担当だったわけではない。責任者はあくまでじいちゃんで、次郎はただの現場担当者だ。五郎丸だってきっとそう思っているに違いない。

「それに今回の一連の出来事の中で、いちばん頭にきてるのはおまえだって、お母さんが言ってた」

「だからなんだよ」

「五郎丸を見捨てるわけじゃないし、飼い主としての責任を放棄するのでもない。いったん手放すだけだ。まずは短期で、じいちゃんが退院してくるまでの里親を捜してもらうつもりだ。そして退院してきたら、最終的な判断はじいちゃんに委《ゆだ》ねようと思う。もらってきたのは、じいちゃんなんだからな。そしてもし、どうしても里親が見つからなかったときは、そのときは肚をくって飼いつづけることにしよう。約束する」

母親を見ると、悲しそうな笑みを返してきた。言葉はなかったけれど、目がごめんねと語っていた。里親が見つかったほうがいいのか、見つからないほうがいいのか、わけがわからなくなってきた。次郎はテーブルの下でこぶしを握りしめた。そして、ちくしょうと呟いた。

動物病院に相談してみたほうがいいんじゃないかと言ったのは、父親だった。近くにある病院まですでに探してきていて、手回しよく電話番号まで調べてあったのには驚かされた。父は父なりに、五郎丸のことを考えていてくれたのではないかと、そのとき感じた。

里親捜しの手配は、当然次郎の役目だった。その動物病院へ足を運んでわけを話すと、驚いたことに受付の女性は五郎丸のことを知っていた。じいちゃんが散歩の途中に二度ほど立ち寄って、簡単な健康診断を受けさせたことがあるという。

人を襲ったことを隠しておいて、次の飼い主に迷惑がかかるといけないと考えたので、その事実を正直に話した。

「でも。信じられませんよねえ」受付の女性は小首をかしげて言った。「五郎ちゃんは、すごく賢くてよく躾けられた子でしたからね。うちの先生も、秋田犬はもともと頭が良くて人間に忠実な犬種だけど、あれほど飼い犬として適性がある、良い犬も珍しいって感心していたくらいなのに」

「里親捜し、お願いできますか？」

「捜すといってもこんな小さな病院ですから、貼り紙をして、あとはうちに来てくださる飼い主の方に声をおかけするぐらいですけど、それでよければ」

「それでいいです、充分です。ぜひお願いします」次郎は深々と頭を下げてからつづけた。「それと、これは単なる願望なんですけど、できればやさしくて五郎丸のことを大事にしてくれる人に、お願いできると助かります」

受付の女性は、にこりと笑って言った。

「もちろんです。五郎ちゃんのためにも、ご家族のためにも、信頼できる里親さんを捜すために精一杯がんばってみます。わたしも五郎ちゃんのこと、大好きだから」

その帰り道に少し足を伸ばせば、病院に寄ろうと思えば寄れた。報告がてら、じいちゃんのお見舞いに行こうかと考えたのだけど、迷った末にやめた。五郎丸のことは、入院中のじいちゃんにはまだ話さないほうがいいと思ったし、でもやっぱり顔を合わせたらつい口が滑ってしまいそうな気がしたからだ。

じいちゃんの入院は長引いていた。いわゆる、命に別状はない状態にはなったらしいのだが、リハビリ専門病棟に移り、リハビリを頑張っているそうだ。

同じ頃、五郎丸の里親が見つかったと動物病院から連絡が入った。

「いい里親さんが見つかりました。すごく犬が好きな方のようですし、大型犬の飼育歴もありますから大丈夫だと思います」

「どんな人ですか？」

「若い男性の方で、犬のことについていろいろと質問していました。犬に限らず動物全般がお好きなようだから、ああいう人なら間違いないんじゃないかと思います。当院でも安心してお任せできると判断しました」

そうですか、と次郎は力なく答えた。正直に言って、軽いショックを受けていた。別に自分が望んで里親を捜してもらったわけではなく、一方的に決めたのは父親だという思いがある。しかし、ご近所さんからの視線が日に日に痛くなっていたのも事実で、（いったいいつまで飼ってるつもりなんだ？）と思われているのではないかと、家族みんなが疑心暗鬼になっていた。

だから、連絡を受けてショックだったのは嘘偽《うそいつわ》りのないところなのだが、心のどこかでほっとしていたのもまた本心ではあった。そして次郎は、そんな自分が許せないと思った。

里親に名乗り出てくれた男性は、動物病院からはさほど遠くないところに住んでいるらしいと彼女は教えてくれた。だからもしかすると、その新しい飼い主が散歩に連れ出しているときなどに、偶然五郎丸に出会える日だってあるかもしれないじゃないかと、そんなふうに自分を慰《なぐさ》めてみた。

何度か見舞いに行くたびに、五郎丸のことを気にかけるじいちゃんを騙しているのが忍《しの》びなくなって、あるときとうとう次郎は里親の件を話してしまった。

「そうしたら、五郎丸はもう家にはいねえのか？」

怒鳴りつけられるものだと覚悟していたから、あまりに弱々しいその問いかけに次郎は胸が痛んだ。

「うん。新しい飼い主にもらわれていった。でもさ、短期の里親ってことで捜してもらったわけだから、じいちゃんが退院したらもう一回引き取るつもりだって、親父は言ってた。わが家で飼うか飼わないかの最終的な判断は、じいちゃんに任せるって」

「いまさら任せると言われてもなあ。なにしろこの身体だ、もう無理は利かねえ。こんでは、あいつを散歩に連れていってやることも難しいっちゃな」

淋しげに語る横顔は、まるで別人のそれを見せられている感じだった。心配の種はなるべく耳に入れないようにと、近所の噂の話もしていない。ましてやそれが、五郎丸が我が家にきたのが原因と言われているなんて、とてもじゃないけどいまのじいちゃんには聞かせられなかった。

窓から射しこむ夕日を受けて、すっかり小さくしぼんでしまったじいちゃんの背中を次郎はぼんやり眺めていた。

†

退院して家に戻ってからも、じいちゃんは一切五郎丸の話を口にしようとしなかった。しかし驚くべきことに、もう一度庭師の仕事に戻るためにと、とても老人とは思えないほどのトレーニングをはじめた。リハビリと呼べるような生やさしいものではなく、ダンベルや腹筋、乾布摩擦など、まさに鍛錬という言葉がぴたりとくる内容だった。

ある日、じいちゃんの薬を受け取って薬局から次郎が帰ると、ちょうど玄関のところで警察官と出くわした。

「ちょうどよかった。呼び鈴を鳴らしても誰も出てこないので、留守なのかと思って帰るところでした。丹下さん、ですね」

「そうですけど、誰もいませんでしたか？」

じいちゃんがいたはずだけどなと思いながら玄関を開けた。

「訊きたいことがあるんですが、ちょっといいですか」

「なんでしょう」

「この近所で猫がつづけて死んでいると通報がありまして、それでこの辺を一軒ずつ回ってるところです。そういう話を耳にしたことは？」

「あります。というか、死んだ猫を姉が見つけて引き取ってきたことがありますよ」

「本当ですか」

色めき立った警察官に、次郎は根掘り葉掘り聞かれるはめになった。思い出しながら、なるべく詳しく話した。その前後、猫が殺されているのではないかと噂になっていたことも話した。

「そうか、迂闊《うかつ》だったな。この近所の人たちの間では知られた話だったんだ」

警察官は悔しそうにそう言った。次郎は気になっていたことを尋ねてみた。

「前から気になっていたんですけど、例えば野良猫を殺すという行為は、どういう罪になるんですか？」

生真面目《きまじめ》そうなその警察官は、自分に言い聞かせるような調子で言った。

「現実的には動物虐待《ぎゃくたい》、そして殺傷ということですが、法律的には器物損壊ということになるでしょうね」

器物損壊という漢字が、すぐには頭に浮かんでこなかった。

「それって物を壊したという意味ですよね。犬とか猫とかの動物というのは、物と同じ扱いってことなんですか。おかしくないですか？」

彼は無言でうなずいた。おかしいということは自分もわかっている、という顔つきだったので次郎はあえてそれ以上何も言わなかった。

家に入ると、畳にごろりと寝転がっていたじいちゃんが、目を開けて尋ねてきた。

「いま来たのは、誰だったんだ」

「なんだよ、起きてたんじゃないか。どうして居留守なんか使うの。そういうのって、感じ悪いよ」

「漢字だろうがひらがなだろうが、悪いのは向こうのほうだろう。懸命にリハビリしとる年寄りが、ようやくひと休みしてとろとろと気持ちよく昼寝してるのに、ピンポンピンポン鳴らしくさって。で、誰だった？」

「そんなに気になってたんなら、起きて出りゃいいのに」

なおもぶつぶつ文句を言っていると、じいちゃんは持っていた孫の手で次郎のすねをぴしりと打った。こぉんという小気味のいい音とともに、激痛が走る。

「わかった、わかりました。いまきたのはお巡りさん。近所で猫が殺されてるって通報があって、それで調べてるみたい」

「警察も、相当暇とみえるな」

じいちゃんはいつものように、駄賃の百円玉をくれた。

パートから戻った母親に、今日警察官がきたよと伝えた。母親が台所で料理をはじめたので、次郎は背中に向かって、猫殺しに関する警察官の話や噂話をとりとめなく話した。

すると黙って何かを切っていた母親が、しきりに頬のあたりを拭いはじめた。もしかして、泣いているのか？　意外に思って次郎は言った。

「母さんが、そんなにやさしくて涙もろいとは思わなかったよ。見ず知らずの死んだ猫たちのために、泣いたりして」

「え？」

振り向いた母親は目をぱちくりさせながら、エプロンで涙をぬぐった。涙の理由は猫への同情ではなくて、タマネギのせいだったとそのとき初めて気づいた。

「なんだ、同情して損したよ。おれはてっきり、猫のことで……」

そのとき、何かが頭のすみをかすめて通りすぎた。待てよ、いまおれはすごく大事な何かに気づくところだったぞ。なんだ、いったい何が——。

次郎は椅子の上であぐらをかき、目を閉じて一休さんのポーズをとった。これでよく良いアイディアが浮かぶのだ。

気を鎮めて、いまさっき通りすぎた何かの後ろ姿を心眼で見つめた。そうだ、いまの話を聞いていて、おれの頭に五郎丸の顔がふっと浮かんだのだった。

母親が死んだ猫に同情して泣いているとばかり思ったのに、実際には、刻んでいるタマネギが原因だった。人間の心理や行動は多面体だから、見る角度によってまるで別の顔というか、意味を持つ。

マリエは後ろ足で立ち上がった五郎丸を見て、びっくりして転んで怪我をした。事実として、それは間違いない。けれど、五郎丸は本当に襲おうとしたのだろうか。でかい図体のわりにはすごくおとなしくて、人が大好きで咬みついたこともないし、誰かを襲うような行動をとったなんて、後にも先にもあのときだけじゃないか。

そういえば、どうしてあの子は我が家の庭に入ってきてまで、大きな秋田犬と遊ぼうなんて思ったんだ？

「ねえ母さん、マリエって子が五郎丸に襲われたとき、何か持ってなかった？」

「何かって、何よ」

「だから例えばコンビニ袋とか、そういう」

「そういえば消毒しているときに、片方の手に何か袋のようなものを握りしめていたわね」

「それだ！」

今日警察官から、猫殺しの話を聞いて次郎は思ったのだ。もしかすると匂いに敏感な五郎丸は、毒入りの餌に反応したのではないか、と。そうだとすれば五郎丸が取った行動が、まるで別の意味を持って見えてくる。そうだ、それが真相ではないか。が、同時に、待てよとも思った。思いついた疑問は、むくむくと大きく膨らんでいった。

もしそうだとすると、小学五年生の女の子が五郎丸に毒を盛ろうとした、という筋書きになってしまう。そういう黒い心を持った小学生がいないとは言い切れないが、ちょっと現実的には考えにくい気もする。

そこで、さらに閃いた。芝じい。

黒幕は、あいつではないのか？　芝原のじいさんが孫娘を利用して、憎い仇敵の丹下のじいさんがかわいがっている犬を殺そうと目論《もくろ》んだとしたら。

気づいたときは、じいちゃんの部屋に駆け込んでいた。そして、自分の思いつきを滔々《とうとう》と一方的に話していた。珍しくひと言も口を挟まずに聞いていたじいちゃんは、どう思うかと尋ねると意外なことを言った。

「芝原のじじいは、確かに根性がひん曲がっとる。だが残念ながら、犬を殺してよろこぶようなやつじゃあねえな」

　諸手をあげて賛同してくれるとばかり思っていたじいちゃんの、その言葉で、次郎は何がなんだかわからなくなってしまった。じいちゃんは、さらにこうつづけた。

「迷ったら、原点に戻ってみるこった」

「原点ってなんだよ」

「今度の騒動のはじまりは、誰だった」

「五郎丸？」

「ばか。確かにそうだが、あいつは犬だ。人間では誰だといっとるんだろうが」

「あ、芝じいの孫の、女の子か！」

「芝じい？」

「芝原のじいさんだから、芝じい」

「何でもかんでも略せばいいってもんじゃない。とにかく五郎丸の騒動のあと、あの子と直接話をした者は、我が家には一人もおらんだろうが」

　うまくそそのかされたような気がしないでもなかったが、次郎はマリエという子と話してみようと思った。

背が高い。

†

芝原マリエは、小学五年生にしては大人びていた。いまどきの子らしく、すらりと背が高い。

芝原家を直接訪ねたところで、芝じいのブロックに遭って会わせてもらえないだろうと考えた次郎は、母親からマリエがよく近所の公園で遊んでいるという聞き込みをして、張り込んでみた。猫がよく集まる公園として知られていて、猫殺しが噂されているエリアのはずれにある。

数日後、公園で孫娘を発見した。声をかけると思いっきり警戒されたが、五郎丸の飼い主だがあのときのことを詳しく聞かせてほしいと言うと、なぜか神妙な顔でこくりとうなずいたのだった。

五号公園という面白みのない名称の公園には大きな池があって、橋を渡った中島に四阿《あずまや》がある。夕方に近い時刻だったので、ベンチに腰掛けるとすぐに、次郎は五郎丸の件ではごめんねと謝ってから、早速質問に入った。

「ところでさ、どうしてうちの犬と遊ぼうと思ったの」

「犬が好きだから」ぶっきらぼうに言う。

「うちの五郎丸は一歳とちょっとだから、まだ子どもだけど、でも大きい犬だから怖いんじゃないの？」

マリエは、かくんかくんという感じでうなずいた。あのときのことがよほど強烈な印象として残っているのか、顔がわずかに引きつっている。

「前から知ってたのかな。うちに秋田犬がいるということ」

「学校の帰りとか、よく見てた」

丹下家の前の通りは、ちょうど小学校の通学路にあたっている。

「それで、遊んでみたいと思ったんだね」

「前に一度だけ、お庭にちょっとだけ入って、頭を撫でたことがあるの」

「ああ、そうなんだ。だからあのときも、慣れてるから安心だと思ったんだ」

「うん。おいしい食べ物を持っていったから、食べさせてあげようと思って……」

そこでマリエはハッとしたように口に手をあてると、恐る恐る次郎を見上げた。

「五郎丸に、わざわざ食べ物を持ってきてくれたんだ」

肯定とも否定ともつかない、微妙な角度に首をひねっている。思い切って、かまをかけてみた。

「よく気がついたね、犬の食べ物を持っていくなんて」

「五郎丸と遊んでくるって話したら、それならこれを持っていけって」

「お母さんが？」

「違う。おじいちゃん」

やはり芝じいか、と思ったが口には出さなかった。

「おじいちゃんが、五郎丸に食べさせる餌を持たせてくれたんだ？」

こくりとうなずいたマリエの視線が、一点で止まった。視線の先を目で追っていくと、公園の小径を歩いてくる制服姿があった。マリエはまだ、じっとその男子中学生らしき人物を見つめている。

「どうしたの、知ってる人？」

「知ってる人だけど、知らない人」

言わんとするところは、なんとなく伝わった。見かけたことはあるけど、話したことはないということだろう。

「あのお兄ちゃん、いつもこの近くで野良猫に餌をやってる」

低く、つぶやくように言う。一瞬、何の話をしているのかわからなかった。しかしやがて中学生を見つめるマリエの目の鋭さに、ぴんときた。

「この近所で、猫が殺されてる噂を知ってるんだね」

無言でこくりとうなずく。その間もマリエの目は、歩いている中学生に吸い付けられている。

「もしかして、あの中学生の子が犯人だと思ってるのかい」

「わかんない。でも」

「でも？」

伸ばした足のかかとで、とんとんと床を叩きながら言う。

「あたしの友だちたちは、みんなそんなふうに言ってる」

「大人の人たちは知ってるかな、その話を」

「大人は知らないよ。だってうちのお母さんとかにそんな話をしても、人を疑うのはよくないことだって叱られるから、わざわざ言ったりしないもん」

盲点だった。猫殺しを調べている警察官も、その事情を訊かれた大人たちも、子どもに情報提供を求めたりはしない。

けれど、子どもたちは驚くほど地域のことを知っているものだ。次郎もこのエリアで育ったからよくわかる。彼ら彼女らが、大人も知らないような細い抜け道を知悉《ちしつ》しているように、地域の野良猫の生態や分布に詳しいのは、子どものほうかもしれない。

「あのお兄ちゃん、もう少ししてから服を着替えて公園に来るよ」予言者のようにマリエは言った。

「どうして、そんなことがわかるのかな」

「だって今日は、木曜日でしょ」

「木曜日?」

「死んだ猫が見つかるのは、いつも金曜日。『13日の金曜日』って知ってる?」

「知ってる。映画だよね、ホラー映画」

「あたしたち、あの人のこと、猫ジェイソンって呼んでる」

子どもならではは秘密の合い言葉。

「おじいちゃんね、何か薬みたいのを入れてたよ」

まるで脈絡なく、唐突にマリエは言った。お兄ちゃんではなく、おじいちゃんといま言った。

そうだ、五郎丸の話だった。

「五郎丸の餌に?」

「そう。白い粒の薬を、何かでごりごりつぶして肉の中に入れてたの」声は、いまや消え入りそうなほど小さかった。

「きみは、それを見てたんだ?」

「ちょっと待ってろって言われたんだけど、あんまり長かったから、こっそり隠れて見てた。なんか、いっぱい入れてた」

芝じい、ほぼ有罪確定。

　さて、どうしようかと考えた。マリエはもうすぐあの中学生が戻ってくると言った。次郎は、自分がいまやるべき優先順位について考えた。

　判断に迷ったときはとりあえず、命を救うことが先だな。猫殺しの阻止だ。

　次郎とマリエは、四阿の低い壁に身を潜めて待った。小学生なんだし、そろそろ暗くなってきたから帰ったほうがいいと何度も言ったのだが、マリエは嫌だと言った。恐いもの見たさなのか、それとも次郎と同じで猫を救いたいのかは不明だが、帰らないというのを無理やり帰すわけにもいかない。

　仕方なく二人で待っている間、マリエはひとり言のような調子であれこれ話した。それでうすうす思ったのは、この子はどうやら罪の意識を感じているらしいということだった。

　五郎丸に襲われそうになったあの日、おじいちゃんが持たせてくれた犬の餌には、もしかすると毒が入っていたのかもしれないと、あとになって気づいたらしい。そしてマリエの中で、噂になっている猫殺しとダブった。

　あの犬を、おじいちゃんは殺そうとしていたんじゃないか。そして自分はその手助けをするところだったのではないか、と。大人の表現で言えば、殺犬未遂事件の容疑者というところか。

　すっかりしおれているようすに慰めの言葉をかけてやりたかったけれど、いまの時点でそんなことをするのは、なんだか無責任なような気もした。何しろ芝じいが五郎丸に食べさせるものに薬物らしきものを混ぜたのは事実で、その中身が明らかにならないかぎり疑惑は消えないからだ。

夕陽がすっかり西の建物に隠れてしまった頃、さっきの中学生がふたたび姿を現した。マリエが言ったように私服姿に着替えていた。公園の近くには私立高校があって、ちらほら下校する生徒の姿も見えたから、次郎だけでは見分けがつかないところだった。

中学生は、袋を持っていた。コンビニでもらうような白いビニール袋で、中には何かが入っているようだが、あまりかさばるものではないらしく軽そうだった。袋の取っ手を手首にかけ、手をチノパンのポケットに突っ込んでいる。

四阿の脇に街路灯が一本立っていて、オレンジ色の光が水面を照らしている。建物の中はちょうど影に入っているので、小径を歩いていても見えにくいはずだ。それでなくても、次郎とマリエはベンチにひざまずく恰好《かっこう》で目から上だけを出しているから、たぶん気づかれていない。

その中学生は、池の周囲にぐるりと巡らされた小径を歩きはじめた。散歩でもしているような足どりで、のんびりと辺りを眺めながら。だがしばらくして彼の行動が奇妙であることに、やっと次郎は気づいた。

彼はさっきから、同じ小径を何度も歩いていた。まるで人の姿が途切れるのを待っているかのように。

「あ、猫」

彼の周回が四周目から五周目に入ったとき、マリエが小声でつぶやいた。薄闇に目を凝らすと、公園のいちばんすみに備えつけてある木造のベンチの座面の下に、数匹の猫の姿があった。

ぶらぶらと歩いていた彼は、小径から逸れてベンチに近づいていく。そしてその頃から急に周囲を気にしはじめた。明らかに不審な動きで、頭を動かして前後左右を確認している。

木造のベンチに腰掛けた。頭の両側に心臓が移動してきたみたいに、次郎の鼓動が激しくなってきた。

どうする？　どうしたらいい？　迷いながら横を見ると、まっすぐこちらを見つめるマリエと目が合った。

行くしかねえか。肚を決めて、ひとつうなずいてみせてから立ち上がり、次郎は足早に橋を渡った。

近くまで行ったとき、ベンチに座っていた彼は、自分の身体に隠すようにしてビニール袋に手を突っ込んでいるところだった。

「何してるの？」

傍目《はため》にもわかるほど大きく、彼はびくりと全身を震わせた。

「もしかして、野良猫にいつも餌をやってるのは君かい。感心だな」

中学生は立ち上がると、こちらと目を合わせようとしないまま、その場から立ち去ろうとした。

とっさに、次郎が腕を摑む。と、彼が持っていた袋が地面に落ちた。

その音に驚いたのか、猫たちが蜘蛛《く も》の子を散らすように猛スピードで逃げていく。足下を抜けていく黒い塊に驚いた次郎の意識がそちらに奪われている間に、中学生は駆け出していた。

十メートルばかり追いかけたものの、さすがに相手は若い。とても追いつけないと諦め、さっきのベンチに取って返すことにした。証拠は、ここにある。

†

中学生の身元が判明し、自分がやったと白状したことを、警察官が知らせにきたのは一週間ほどが過ぎた頃だった。

白いビニール袋の中身は、ドライタイプのキャットフードに毒物を染み込ませた代物だった。毒物といっても、ホームセンターでも販売されているようなごく一般的な農薬らしいのだけど、ちゃんと事前にネットで調べてから購入したというのだから、たちが悪い。

犯行動機などという、大げさなものはなかった。ただ面白かった、猫が苦しんで死ぬところを想像するとぞくぞくしたのだという。その動機を聞いたとき、次郎は心底ぞっとした。

ともあれ猫の毒殺事件は解決した。

その翌日、次郎は単身、芝原家を訪問した。体力の衰えたじいちゃんに成り代わり、自分が芝じいと直接対決しなければ、五郎丸の一件の真相は掴めないと思ったからだった。もしも芝じいが、五郎丸に毒入り餌を食べさせようと、しかも孫娘を使ってやろうとしたのだとしたら、警察に突き出す覚悟までしていた。

通された部屋で向かい合うと、すぐに次郎は切り出した。

芝原さん、あなたはうちの五郎丸に、毒を入れた餌を食べさせようとしたのではありませんか。しかもご自分の孫娘を利用して。

ずばりそう告げると、一拍おいてから、芝じいが大笑した。

「バカなことを言うな、人をなんだと思っとるか。おれはこう見えても心根のやさしい男だ、犬を殺そうなどと考えるわけがなかろうが。ただ、ある物をあのばか犬に喰わせてやろうと餌に混ぜてやったのは事実だがな」

「やっぱりそうじゃないですか！」

「おれが仕込んだのは、睡眠薬だ」

孫娘のマリエから、丹下家の秋田犬が気に入っていて、たまに撫でたりして遊んでくると聞かされていた。あの秋田犬の話をするとき、孫はとてもうれしそうな顔をしていたが、これまでの確執もあって、苦々しい思いでその話を聞いていた。しかも犬をもらってきたのは、憎いあの丹下のじじいで、しかも大層かわいがっているというではないか。

そこで、ちょっとしたいたずら心が湧いた。自分が病院で処方されている睡眠導入剤を、砕いて餌に練り込むことを思いついたのだ。これを喰った犬が突然寝たりしたら、丹下のじじいは犬が死んだかと勘違いして、さぞかし慌てるに違いない。

そのようすを考えるだけで、愉快な気分になり、えも言われぬよろこびを感じた。ところが孫娘が犬に襲われたと聞かされ、肘に怪我をして包帯を巻いているのを見て、一気に頭に血が上ってしまった。

自分の小さな悪事は、すっかり棚上げにして。

ちょっとやりすぎだったかもしれん。反省はしとる。芝じいは、初めて見るようなしょぼくれた顔をして言った。次郎はこれ以上問いつめるのはやめようと思い、芝原家をあとにした。

家に帰るとすぐにじいちゃんの部屋へ直行した。五郎丸事件の顛末を黙って聞いていたじいちゃんの口から、芝じいを悪し様にののしる言葉が出てくるにちがいないと、次郎は期待した。じいちゃんの悪口雑言は話芸の域に達しつつあるから、無責任に聞いているぶんには楽しい。

ところがそうはならず、じいちゃんはぽつりとつぶやいた。

「やはり五郎丸は、賢い犬だったな」

次郎がすぐに、二瓶動物病院へ行ってみたのはいうまでもない。しかし、時すでに遅かった。五郎丸は、別の新しい里親の元へもらわれていったという。

「でも、ちょっと妙な感じだったんです」

例の受付の女性が教えてくれた話は、確かにちょっと変だった。短期の里親として飼ってくれた若い男は、ちゃんと期日ぴったりに返しに来た。そのころ我が家はまだ芝原家の孫の事件の余波、そしてご近所の悪い噂の渦中にあったから、とても引き取りに来られる状態ではなかった。

だから里親の男性が連れてきたとき、受付の彼女がこのまま飼ってくれないかと申し出ると、男は真顔で「無理です」と答えたそうである。

そこまではいい。問題はそのあとだ。丹下家はまだ騒動の最中だというし、かといってこのまま病院にいつまでも置いておくわけにもいかない。困り果てていたところに、新しい飼い主になりたいと申し出てきた人がいた。

三十歳前後の若い女性だった。ところが引き取っていって少ししたころ、病院としてもようすを聞いて必要であれば、アフターケアをしようと連絡を入れてみたところ、電話が通じなくなっていた。携帯電話も固定電話もメールアドレスも、不思議なことに住所までもが変わってしまっていたという。

「なんだか狐につままれるか、狸《たぬき》にでも化かされたみたいで、本当に不思議でした」

「ということは、五郎丸がいまどこにいるのか、もう捜しようがないってことですか」

「申し訳ありません。まさかこんなことになるとは」

「いえ、別に責めているわけじゃないです。もともと無理なお願いをしたのはこっちなんですし。その女の人は、どんな感じの人でしたか」

「背が高くて、なんていうかこう、骨格がしっかりしていて。でも同性として魅力的だなぁと思うタイプの女性というか」

そんなことを訊いたわけではない。取り戻せないと知ってしまったいま、ひとつだけ知りたいことがあった。

「あいつを、五郎丸を、大切に飼ってくれそうな人でしたか？」

「きっと、ううん、絶対に大切にしてくれていると思います。だって、あの女の人、本当に五郎ちゃんのことが好きみたいでしたから。それに一度、五郎ちゃんに助けてもらったことがあるって……あれ？」

彼女が頬に手をあてて、しきりに首をひねっている。

「いま自分で話してて、初めておかしいなって気づきました。あの女の人、ここへきたときが五郎ちゃんと会った最初だったはずなのに、どうしてそれ以前に助けてもらったことがあるなんて言ってたのかしら。わたしの記憶違い？」

なんだかよくわからない話になっていたので、次郎は重ねて礼を言って病院を出た。空が高くて気持ちのいい季節だった。数歩歩いたところで立ち止まり、両腕を上げて「うーん」と大きく背伸びした。

この同じ空の下のどこかに、五郎丸はいる。無実が証明されたのだから、もう一度我が家で飼ってあげたかった。じいちゃんのためにも。

あいつの無実を信じてやれなかった。訳もなく子どもに襲いかかるわけなどないと、信じきってやることができなかったという悔いは、いまも残っている。家族が近所の噂に屈服してしまったのも情けない。

次郎は、真っ白な毛の中に埋もれたような五郎丸の、賢そうな眼を思い出していた。あの、白くて縫いぐるみみたいに小さかった無垢な仔犬が、すっかり大きく逞しくなった丹下五郎丸がどこかで幸せに暮らしているなら、それでいい。

最終話　朝焼けの光

椅子が倒れ、ロープが喉元に食い込んだ刹那《せつな》、身体が大きく揺さぶられた。

死ぬときはこういうものかと感じた次の瞬間、轟音《ごうおん》と地響きとが足の下で鳴り、老人の身体は真っ暗闇へと放りこまれた。

土間に叩きつけられ、いったい何事が起きたのかと考えを巡らせる間もなかった。

自分を包んでいる暗闇が、空間が、大地そのものが激しく波打っていた。

自分は死んで冥土《めいど》に来てしまったのではなく、どうやら土間に尻餅《しりもち》をついているらしいと知った。上から落ちてきた梁と梁とのすき間に空いた狭い空間に、辛うじて身が守られていたのだった。

ひと筋の光が射しこむ方向へ、這いつくばったまま近づき、気がついたときには外へ出ていた。

振り返り、納屋を見あげた。屋根は斜めに傾《かし》ぎ、土壁は崩落し、いまなおつづいている強い揺れのせいで、梁やら柱やらがこすれ合って不気味な軋《きし》み音をたてていた。

呆然としたまま庭の土の上にべたりと座り、辺りを見渡した。家が揺れ、柿の木が揺れ、自分自身が揺れていた。この世のものがみな揺れていた。

地震なのだと思った。そこで初めて、自分が首からロープをぶら下げたままの格好でいるのだと思い出した。慌てて外して立ち上がろうとしたが、嵐に遭遇した巨大船にいるようで立っていられず、ふたたびしゃがみこむ。

三分か、五分か、或いはもっと長い時間だったか。

揺れがようやく治まったとき、周囲は物音ひとつせず、しんと静まり返っていた。家の中へ戻ってテレビのニュースを見ようとしたが、電源は入らなかった。停電したらしい。頭にぽっかりと空白が訪れた。寝床でいつも聴いているラジオだと思いつき、茶の間に持ってきてスイッチを入れた。

アナウンサーの声が耳に飛び込んでくる。必死に冷静さを保とうとしている調子だった。しばらく耳を傾けていると、やがて信じがたい警報が発令された。六メートルを超える津波が発生する可能性があり、到達時刻までは三十分もないと呼びかけていた。

老人はラジオにかじりついたままだった。

電気と水道は止まったものの、プロパンガスだったことが幸いして、家では最低限の生活が保てていた。けれどラジオから次々と流れてくる情報に、これまでに経験したことがないほどの、身が震えるような恐怖を覚えた。

翌日には民生委員が訪ねてきて、近くの分校に設置された避難所へ行くようにと促されたが、老人はそれを断った。沢から引いてある水を使うことができたし、ガスでの煮炊きも可能であり、畑には土で保たせていた野菜がたっぷり残っていた。町場のほうでは店舗が甚大な被害を受けていて、すでに食料や生活用品を手に入れるのに何時間も並ばねばならないのだと告げて、民生委員は次の独居老人宅へ向かっていった。

町場で暮らそうとすれば、電気がなければ夜も日も明けないのかもしれないが、日の出とともに起床し日の入りとともに就寝する彼にとって、夜間の照明はさしたる重要性を持たなかった。だから大地震と大津波のあとも、老人の暮らしぶりにさほど大きな変化はなかった。

変わったのは、彼の内側だった。

多くの人が亡くなっていて、そのほとんどが津波による被害だった。老人は心の深いところでショックを受けていた。そして自分があの地震の直前にやろうとしていた行為の馬鹿さかげんを、あらためて後悔した。そのうちになぜか、ひどく申し訳ない気持ちになってくるのを感じていた。ただ、誰に対して、何に対しての申し訳なさなのかがさっぱりわからない。

大地震と大津波から一週間が経った日、老人は軽トラックで定義山へ向かった。

定義如来には、ほとんど人の姿はなかった。駐車場もがら空きで、小さな門前町の店も当然のごとく閉められていた。せめて賽銭《さいせん》をあげて祈りたかったのだが、お寺の敷地内への立入は無理だったから、駐車場から遠くに見えるお堂に向かって手を合わせた。

あの日、自分は自殺し損ねた。なのにそんな自分が助かり、まだ死ぬべきではない若い人や子どもたち、もっと生きたいと思っていたであろうたくさんの人が、亡くなってしまった。拭いがたいほどの深い罪悪感が次から次へと湧き出してきて、死者の冥福を自分が祈らなければならないと思い詰めていたのだった。

老人はひとりで、ずいぶん長いこと手を合わせていた。

風の強い日だったからすっかり手足が冷えてしまい、自動販売機で温かいお茶でも買おうと商店が立ちならぶ通りのほうへ歩き出したとき、角のところで何かが動くのが見えた。けれど視線を向けたときには、すでに姿は消えていた。

門前町は、季節はずれの海の家のように人気《ひとけ》がなかった。そのとき、漬け物を売る露店の陰から犬が姿を見せた。白くて小さな仔犬だった。

「どうした、おまえさん。迷い犬か」

ひとり言を呟きながら近づこうとすると、仔犬はびくりと怯えたようにふたたび店の後ろに隠れた。

「大丈夫だ、何もしないから。ほら、出ておいで」

それ以上近づかずにじっと立っていると、やがておずおずと仔犬が出てきた。標準的な犬の子どもというのが、いったいどれほどの重さなのか老人は知らなかったが、少々痩《や》せているように思われた。

「そうだ、ここで待ってろよ。いま旨いものを食わせてやるからな」

手のひらで待ての合図をして、老人は車に戻った。お供《そな》え物として持ってきた茶菓子が、助手席に置いてあった。そう考えて砂利道を駐車場に向かって歩いていたとき、ふと気配を感じてふり返ると、さっきの仔犬が十メートルばかりうしろをついてきているのだった。

「そうか、やっぱり腹が減ってるんだな。ほら、こっちへこい」

車のドアを開け、茶菓子を小袋から出して地面に置く。仔犬が迷っていたのはほんの数秒のことで、よちよち駆けてくるとその菓子を食べはじめた。犬に甘いものを食べさせて良いものなのかどうかはわからなかったが、空腹なのだから仕方がないだろう。

仔犬はがつがつと食べた。すぐになくなったので、老人はまた小袋から出して与えた。最初は臆病そうで及び腰だった仔犬も、いまでは餌をくれる相手だとわかったらしく、すっかり気を許したようすである。こんな山奥に、どうしてこんな小さな犬がいるのだろうと思った。首輪もしていないようだから飼い犬ではなさそうだし、かといって野良犬でもなさそうである。

頭を撫でてやろうとすると、仔犬は身を引いて触らせようとしない。菓子をやりながら、老人は辛抱《しんぼう》強く待った。すると仔犬が、今度は老人のほうに近づいてきた。しゃがみこんで顔を近づけ、子犬の腹をさすってやる。

ふわふわした毛の下に、ほのかな体温があった。強く握りしめたら潰れてしまいそうなほど幼く、柔らかく、温かかった。

もっと顔をよく見ようと抱き上げたとき、老人は息を呑んだ。そっくりだと思ったのだ。

家の納屋で死んでいた、あの秋田犬の顔つきとよく似ている。あいつの仔だろうかと反射的に思った。あの秋田犬が野良犬だったとしたら、どこかで仔を産ませていたとしても不思議ではない。野犬か、山里の広い家で放し飼いにされている犬かはわからないが、どこかでそんなことがあったとしてもおかしくはないのだ。

しかしそれはいずれにしても、老人にとっては確かめようのないことだった。

「おまえさん、もしかしてあの白い犬の子どもか？」

　そのとき、仔犬がキャンと鳴いた。まるで問いかけに答えるかのようで、もちろんそれは錯覚《さっかく》かもしれないのだが、老人にとってはそれで充分だった。

「そうかそうか、もしよかったらおらと一緒にいくか。たいしたものはやれねえけんども、食うには困らんぞ」

　いったん仔犬を地面におろし、それから老人は車を回りこんで運転席に乗りこんだ。仔犬は迷うことなく、あとをついてきた。こいつとは気が合うかもしれないな。老人は相好を崩しながらそんなことを思い、仔犬を抱き上げて助手席に乗せてから車を出した。

　帰り道、よっちゃんの家に寄った。心配して一度家まできてくれて、カップ麵《めん》をいくつか持ってきてくれたのだが、あのときは気が動転していたから礼らしい礼も言わずに帰してしまった。彼女には小学校に通う息子と娘がいる。いまはどこの店に行ってもなかなか食料が手に入らないと聞くから、菓子類などはないのではないかと持ってきていた。

　せんべいや和菓子ばかりだが、子どもたちに食べさせてやってほしいと手渡すと、よっちゃんは何度も感謝の言葉を言った。

「おらの家には野菜がたっぷりあっからな、それを煮たり汁にして食ってれば年寄りひとりなど一ヵ月は持つよ」

「うちも食事はどうにかなっているけど、とにかく子どもたちのおやつがなくて困ってたから、ほんと助かるわ」

そのとき車の中から、キャンと声がした。よっちゃんは怪訝そうな顔つきで車のそばまで行くと、ガラス越しに仔犬の姿を認めて「わあ、かわいいこと」と小さく叫んだ。拾ってきたいきさつを話すと、彼女は言った。

「この間は野良犬が家で死んでたっていうし、今度は今度で、わざわざ定義山で仔っこ犬を拾ってくるし。やっぱりあそこん家は、犬に縁があるのかしらねえ」

「縁がある？」

「あの家の前の持ち主だった沢村《さわむら》さん、犬のブリーダーっていうの？　あれをやってたのよ」

「ブリーダーというと」

「ほら、犬を繁殖させること。血統の良い犬どうしを交配させて、仔犬を産ませるのよ。沢村さんのところは趣味でやってたみたいだったから、仔犬をただであげることはあっても、お金はいっさい受け取らなかったみたいだけど。あのおじいちゃんも、本当に秋田犬が好きな人だったから」

「繁殖させてたのは秋田犬なのか？」

老人の詰問調にびっくりしたのか、よっちゃんは戸惑ったようにうなずいた。

「ああ、驚かせてすまない。じつはこの間家にきて死んだって話してた犬な、あれ、秋田犬だったみてえなんだ」

「あら、本当に？　まさかその犬、沢村さんとこで産まれた犬だったりしてね。犬という動物は、そういうのを忘れないって言うし」

老人も同じことを考えていた。犬はときとして信じられぬほどの帰巣《きそう》本能を発揮するという話は、これまでに何度も聞いたことがある。犬は死ぬ間際になると人目を避けるというのに、どうしてわざわざ見ず知らずの家の納屋へ入りこんで死んでいたのか、それをずっと不思議に思っていたのだった。

あの白い秋田犬が、もしも前の居住者である沢村という人物の元に帰ってきたのだとしたら。どこをどう巡り巡って生きてきたものかは知らないが、最期のときになって、生まれた場所へと戻ってきたのかもしれない。

自分が生まれ育った土地や、森や風の匂い、母犬と兄弟たちの匂い、そんなかすかな手がかりを頼りに、あの家の納屋へ、長い旅の時間を終えて帰ってきたというのだろうか。

†

自分は何かに助けられたのだ、と老人は思った。

あの白い秋田犬が来ていなかったら、家の納屋で死んでいなかったなら、それを火葬にしてやっていなければ、自分は首をくって死んでいたはずだ。これまでの一切合切を終わらせようと椅子を蹴ったとき、あの大地震が起きた。

もっと生きていたかったであろう多くの人の命を、生き物の命を奪っていった。なのに、なぜみずから命を絶とうとしていた自分が助かってしまったのか。あの秋田犬は、何かを伝えようとしてここまできてくれた気がした。おまえにはまだやるべきことが残っている、と。

仔犬と暮らすようになって、老人はそんなことを考えるようになった。

老人は古くから土地に暮らす近所の家へ足を運んで、以前の住人だった沢村という人物について話を聞いた。沢村は十数年前にすでに七十歳を超えていて、足どりがおぼつかなくなったのを機に、関東にいた息子の家に引っ越していったということだった。若い頃からの犬好きで、ことに秋田犬がお気に入りでたくさんの仔犬を産ませては、欲しいという友人や知人に分けていた。よっちゃんが話していたとおりだった。

「沢村さんというのは面白い人でねえ」とそのおばあさんはころころと笑って話してくれた。「犬におかしな名前をつけていたんだ。一郎、二郎ってさ、まるで人間みたいな名前」

兄弟の中で一番強そうな雄犬を家督《かとく》とし、初代からずっとその調子でつけた名前だったというのだが、最後に仔犬が数匹生まれた際に息子の家へ移り住むことになった。都会の家だから大きな犬が飼えるわけもなく、すべて地元にいる知り合いに引きとってもらった。

「その最後の犬は、何代目だったんだべね」

「さあて、どうだったかな」

「ちょうど五代目だ」男が突然、話に割って入ってきたので驚いた。「だから最後の犬の名は、五郎だっちゃ」

おばあさんの息子で、畑仕事から帰ってきたばかりらしかったが、彼も小さい頃から犬が好きでよく沢村家へ遊びに行っていたという。仔犬は必ず母犬や兄弟と二ヵ月間は一緒に暮らさせて、そこで基本的な躾をしてから渡していた。そうしておけば新しい飼い主の元へ行っても、うんちやおしっこの場所にすぐ慣れるのだと教えてくれた。

「沢村のじいちゃん、犬を飼うのもこれで終わりだなあって、すごく淋しそうに言ってた。俺の犬道楽も終わりだって。産まれたばかりの五代目をすぐに手放さなきゃいけなかったんだから、そりゃ悔いが残ったんだと思うよ。それで、こいつは最後の特別な犬だから、特別な名前にしてやろうと言ってさ、その雄の仔犬に五郎丸ってつけたんだ。昔の殿様の幼名みたいだろうってさ。最後の犬だったから、生まれてきたときのこともよく憶えてるよ。こんなふうに前脚を踏ん張ってさ、すごく賢そうな犬だったなあ」

五郎丸、と老人は小さく復唱してみた。五郎ではなく、最後だから五郎丸。凛々しい名だ。

そうか、おらを助けてくれたあいつは五郎丸といったか。死んでいたあの秋田犬が五郎丸で、定義山で拾った仔犬はその子どもなんだな。それが事実かどうかなど、彼には関係なかった。自分でそう信じることができればそれでよかった。

自宅へ戻ると線香を持って、老人は犬の墓に向かった。

「たくさんの人が死んだよ」

老人は墓の目印として立てていた、石に向かって言った。語りかけている相手が秋田犬の五郎丸なのか、それともばあさんなのか、近頃では自分でもよくわからなくなっている。

大震災では、大津波で多くの人たちが亡くなっていた。死ぬべきではない人たちが亡くなり、もっと生きるべきだった多くの人も死んだ。おらがあの日の朝、納屋であの犬を見つけなければ、あの大きな地震に遭い、大きな津波による惨禍《さんか》を目にすることもなく、この世から消えていたはずだったとあらためて思った。

これまでは、生きるも死ぬも本人次第だと思っていた。が、もしかすると死というものは、その本人が決められることではないのかもしれないと考えるようになっていた。ならばどこぞの神様が決めるのかといえば、それも違う気がした。生きているものが死ぬというのは、公民館の年間予定を立てるようなこととは別のものだからだ。

おらは長く生きてきた。そしてまだこうして生きている。しかしそれだって自分が頑張ってそう決めて生きてきたように感じているが、それは間違いだったかもしれない。ばあさんは病気で死んだ。おらはこれまでいくつか大きな怪我はしたが、病気らしい病気もしないで生きてきた。こだに煙草も吸うくせに、まだぴんぴんしてる。

「おまえさんが、おらの命を救ってくれたんだなあ」

いつしか語りかける相手は、ばあさんから秋田犬に変わっている。あの秋田犬は死ぬ前に何を思ったろう。いや、犬は思ったりはしないのかもしれない。ただ感じて、行動するだけだろうか。

遺された者は、こうして死者のことを想いながら生きていく。四六時中いつも想うというわけにはいかないが、折にふれて思い出してやる人間がいなければ、死んだ者はこの世に存在しなかったも同然になってしまう。

人は、人の思い出の中に生きる。生きつづけることができる。だからばあさんは、おらの中ではまだ生きていることになる。あの秋田犬、五郎丸だって同じだ。それが生き残った人間の務めであり、仕事だ。

懸命に生きて、ときどき死者のことを想う。死者と生者はそのときだけつながることができる。あの世とこの世との間にあった境がとっ払われて、生者は死者と交感できるのだ。

死んじまえばたぶん、おらがおらだと考えているこのおらは、消えて無くなってしまうんだろう。でもそうなったらなったで、今度は東京にいる息子が、いまはめったに連絡を取り合うこともねえが、おらのことを、ばあさんと一緒に思い出してくれるはずだった。

いつかは死ぬのだから、それまでは、あと少しばかり生きてみようか。少しは人さまのお役に立ってみよう。

何をおまえは、いまさらあたり前のことに力んでいるのだ。ほとんど禿《は》げあがった頭をつるりとひと撫でしてから、老人は声をあげて笑った。妻が死んでから初めて、大きな声でひとり笑った。

気がつけば傍らに仔犬がちょこんと座っていた。彼は問いかけてみる。

「お前さんは、なぜ生ぎでる?」

仔犬は、不思議そうな顔で老人を見あげていた。こいつは小さいくせに、生命力に満ち溢れている。小さい身体に命を迸《ほとばし》らせている。いや、小さいからこそそうなのだ、と老人は思う。

自分はなぜ生きているのか？　と、彼は自分自身にずっと問いつづけていたのだが、答えは見つからなかった。無理もない。人はみずからの意志で生まれてきたわけでも、生きているわけでもない。天然自然に、天命に従って、死ぬ日がくるまで生きてゆけばそれでいい。

生きること。それそのものが理由であり目的だと、この年になって初めて悟った。これまでの生き方に悲嘆するでもなく、この先の人生に悲観するでもなく、今日一日を過ごしていくのだ。

「お前も、生きろ。おらも、生きる」

それから少し経ったある日の早暁、老人は庭に停めた軽トラックの荷台に、スコップやらロープやら土嚢袋《どのうぶくろ》やら、トラクター用に買っておいた携帯用ガソリン缶やらを次々と載せていた。連日のようにテレビや新聞で報じられる、海辺の町々の惨状を見ているうちに、居ても立ってもいられなくなった。年がいもなく、動かずにじっとしているのが苦しくなってきたのだ。

家の中から持ち出したありったけの食料と野菜を最後に積み込むと、白い仔犬を助手席に乗せた。名前はもちろん、六郎丸と付けた。

「よし、人助けに行ぐべや」老人は車のエンジンをかけ、隣の席に座ってこちらを見ている仔犬に語りかけた。「おらは、おまえの父ちゃんに命を助けられだ。今度は、おらが誰がを助ける番だ。なに、死に損ないの年寄りにだって、できることの一つや二つはあるべ」

あちこちで道路が陥没し、橋には通行できないほどの段差ができているとも聞いたから、ここから海辺の町までどれほどの時間がかかるものか想像もつかなかった。が、とにかく東へ進めばいつか海へ出ると思った。

フロントガラス越しに前を見ると、東の空に、息を呑むような紫色の朝焼けが広がっている。

ふっと隣に目を向けると、六郎丸が目を細めてその美しい空を見上げていた。おまえにだって美しいものはわかるよな。いや、犬だからこそわかるのかもしれねえな。老いぼれ一人と、仔犬一匹か。そう考えているうちになんだか笑いたくなってくる。そして同時に、手の先、足の先から、じわじわと総身に力が漲《みなぎ》ってくるのを、そのとき確かに感じた。

「さあ行ぐが、ロク」

老人は優しく声をかけた。あちこちに錆《さび》の浮いた古ぼけた軽トラックが、海辺のどこかの町に向かって静かに走りだす。彼の背中にもう死の影は見えない。与えられた残りの人生を全うしようとする、静かな力がそこにあった。

本書は二〇一二年七月に小社より刊行されました。

|著者|三浦明博　1959年宮城県生まれ。明治大学商学部卒業。広告制作会社でコピーライターとして勤務。'89年にフリーに。2002年『滅びのモノクローム』で第48回江戸川乱歩賞を受賞し、デビュー。他の著書に『死水』『感染広告』『集団探偵』などがある。

五郎丸《ごろうまる》の生涯《しょうがい》
三浦明博《みうらあきひろ》

講談社文庫
定価はカバーに
表示してあります

2020年2月14日第1刷発行

発行者――渡瀬昌彦
発行所――株式会社　講談社
東京都文京区音羽2-12-21　〒112-8001
電話　出版　(03) 5395-3510
　　　販売　(03) 5395-5817
　　　業務　(03) 5395-3615

デザイン―菊地信義
本文データ制作―講談社デジタル製作
印刷――豊国印刷株式会社
製本――株式会社国宝社

Printed in Japan

ISBN978-4-06-518648-0

講談社文庫刊行の辞

二十一世紀の到来を目睫に望みながら、われわれはいま、人類史上かつて例を見ない巨大な転換期をむかえようとしている。

世界も、日本も、激動の予兆に対する期待とおののきを内に蔵して、未知の時代に歩み入ろうとしている。このときにあたり、創業の人野間清治の「ナショナル・エデュケイター」への志を現代に甦らせようと意図して、われわれはここに古今の文芸作品はいうまでもなく、ひろく人文・社会・自然の諸科学から東西の名著を網羅する、新しい綜合文庫の発刊を決意した。

激動の転換期はまた断絶の時代である。われわれは戦後二十五年間の出版文化のありかたへの深い反省をこめて、この断絶の時代にあえて人間的な持続を求めようとする。いたずらに浮薄な商業主義のあだ花を追い求めることなく、長期にわたって良書に生命をあたえようとつとめるところにしか、今後の出版文化の真の繁栄はあり得ないと信じるからである。

同時にわれわれはこの綜合文庫の刊行を通じて、人文・社会・自然の諸科学が、結局人間の学にほかならないことを立証しようと願っている。かつて知識とは、「汝自身を知る」ことにつきていた。現代社会の瑣末な情報の氾濫のなかから、力強い知識の源泉を掘り起し、技術文明のただなかに、生きた人間の姿を復活させること。それこそわれわれの切なる希求である。

われわれは権威に盲従せず、俗流に媚びることなく、渾然一体となって日本の「草の根」をかたちづくる若く新しい世代の人々に、心をこめてこの新しい綜合文庫をおくり届けたい。それは知識の泉であるとともに感受性のふるさとであり、もっとも有機的に組織され、社会に開かれた万人のための大学をめざしている。大方の支援と協力を衷心より切望してやまない。

一九七一年七月

野間省一

講談社文庫 最新刊

木《この》原《はら》音《なり》瀬《せ》
嫌な奴
BL界屈指の才能による傑作が大幅加筆修正で登場。これぞ世界的水準のLGBT文学！

鳥羽 亮
お京危うし
〈鶴亀横丁の風来坊〉
仲間が攫《さら》われた。手段を選ばぬ親分一家に、彦十郎は奇策を繰り出す！〈文庫書下ろし〉

丸山ゴンザレス
ダークツーリスト
〈世界の混沌《カオス》を歩く〉
危険地帯ジャーナリスト・丸山ゴンザレスの、世界を股にかけたクレイジーな旅の記録。

山本周五郎
雨あがる
〈映画化作品集〉
黒澤明「赤ひげ」、野村芳太郎「五瓣《ごべん》の椿《つばき》」など、名作映画の原作ベストセレクション！

加藤元浩
量子人間《クオンタムマン》からの手紙
〈捕まえたもん勝ち！〉
密室を軽々とすり抜ける謎の怪人からの挑戦状！ 緻密にして爽快な論理と本格トリック。

三浦明博
五郎丸の生涯
残されてしまった人間たち。その埋められない喪失感に五郎丸は優しく寄り添い続ける。

石川智健
エウレカの確率
〈経済学捜査と殺人の効用〉
自殺と断定された事件を伏見真守《ふしみまもる》が経済学的視点で覆す。大人気警察小説シリーズ第3弾！

蛭田亜紗子
凜
開拓期の北海道。過酷な場所で生き抜こうとする者たちがいた。生きる意味を問う傑作！

マイクル・コナリー
古沢嘉通 訳
レイトショー(上)(下)
ボッシュに匹敵！ ハリウッド分署深夜勤務《ナイトシフト》・女性刑事新シリーズ始動。事件は夜起きる。

さいとう・たかを
戸川猪佐武 原作
歴史劇画 **大宰相**
〈第四巻 池田勇人と佐藤栄作の激突〉
高等学校以来の同志・池田と佐藤。しかし、「次は君だ」という口約束はあっけなく破られた――。

講談社文芸文庫

庄野潤三
庭の山の木
解説=中島京子　年譜=助川徳是
しA15

家庭でのできごと、世相への思い、愛する文学作品、敬慕する作家たち──著者のやわらかな視点、ゆるぎない文学観が浮かび上がる、充実期に書かれた随筆集。

978-4-06-518659-6

庄野潤三
明夫と良二
解説=上坪裕介　年譜=助川徳是
しA14

何気ない一瞬に焼き付けられた、はかなく移ろいゆく幸福なひととき。人生の喜びとあわれを透徹したまなざしでとらえた、名作『絵合せ』と対をなす家族小説の傑作。

978-4-06-514722-1

講談社文庫　目録

牧　秀彦　雄《ゆう》飛《ひ》〈五坪道場一手指南〉
牧　秀彦　清冽《せいれつ》〈五坪道場一手指南〉
牧　秀彦　美剣《びけん》〈五坪道場一手指南〉
真梨幸子　孤《こ》虫《ちゅう》症《しょう》
真梨幸子　深く深く、砂に埋めて
真梨幸子　女ともだち
真梨幸子　クロク、ヌレ！
真梨幸子　えんじ色心中
真梨幸子　カンタベリー・テイルズ
真梨幸子　イヤミス短篇集
真梨幸子　人生相談。
真梨幸子　私が失敗した理由は
牧野　修
巴亮介漫画原作　ミュージアム〈公式ノベライズ〉
松本裕士　兄弟〈追憶のhide〉
円居　挽　丸太町ルヴォワール
円居　挽　烏丸ルヴォワール
円居　挽　今出川ルヴォワール
円居　挽　河原町ルヴォワール
円居　挽
原作 福本伸行　カイジ ファイナルゲーム 小説版

松宮　宏　さくらんぼ同盟
丸山天寿　琅邪《ろうや》の鬼
丸山天寿　琅邪《ろうや》の虎
町山智浩　アメリカ格差ウォーズ 99%対1%
松岡圭祐　探偵の探偵
松岡圭祐　探偵の探偵II
松岡圭祐　探偵の探偵III
松岡圭祐　探偵の探偵IV
松岡圭祐　水鏡推理
松岡圭祐　水鏡推理II〈インパクトファクター〉
松岡圭祐　水鏡推理III〈パレイドリア・フェイス〉
松岡圭祐　水鏡推理IV〈アノマリー〉
松岡圭祐　水鏡推理V〈ニュークリアフュージョン〉
松岡圭祐　水鏡推理VI〈クロノスタシス〉
松岡圭祐　探偵の鑑定I
松岡圭祐　探偵の鑑定II
松岡圭祐　万能鑑定士Qの最終巻〈ムンクの〈叫び〉〉
松岡圭祐　黄砂の籠城(上)(下)
松岡圭祐　シャーロック・ホームズ対伊藤博文

松岡圭祐　八月十五日に吹く風
松岡圭祐　生きている理由
松岡圭祐　黄砂の進撃
松岡圭祐　瑕《か》疵《し》借り
松島泰勝　琉球独立宣言〈実現可能な五つの方法〉
松原　始　カラスの教科書
益田ミリ　五年前の忘れ物
益田ミリ　お茶の時間
マキタスポーツ　一億総ツッコミ時代〈決定版〉
三好　徹　政・財 腐蝕の100年
三島由紀夫
TBSヴィンテージクラシックス編　告白 三島由紀夫未公開インタビュー
三浦綾子　ひつじが丘
三浦綾子　岩に立つ
三浦綾子　青い棘《とげ》
三浦綾子　イエス・キリストの生涯
三浦綾子　愛すること信ずること
三浦明博　滅びのモノクローム
宮尾登美子　新装版天璋院篤姫(上)(下)
宮尾登美子　新装版 一絃の琴

宮尾登美子 〈レジェンド歴史時代小説〉東福門院和子《まさこ》の涙 (上)(下)
皆川博子 クロコダイル路地
宮本　輝 ひとたびはポプラに臥す 1～6
宮本　輝 骸骨ビルの庭 (上)(下)
宮本　輝 新装版 二十歳《はたち》の火影《ほかげ》
宮本　輝 新装版 命の器
宮本　輝 新装版 避暑地の猫
宮本　輝 新装版 ここに地終わり 海始まる (上)(下)
宮本　輝 新装版 花の降る午後 (上)(下)
宮本　輝 新装版 オレンジの壺 (上)(下)
宮本　輝 にぎやかな天地 (上)(下)
宮本　輝 新装版 朝の歓び (上)(下)
宮城谷昌光 俠骨記
宮城谷昌光 夏姫春秋 (上)(下)
宮城谷昌光 花の歳月
宮城谷昌光 重耳《ちょうじ》 (全三冊)
宮城谷昌光 介《かい》子《し》推《すい》
宮城谷昌光 孟嘗君 全五冊
宮城谷昌光 春秋の名君

宮城谷昌光 子産 (上)(下)
宮城谷昌光他 異色中国短篇傑作大全
宮城谷昌光 湖底の城 〈呉越春秋〉一
宮城谷昌光 湖底の城 〈呉越春秋〉二
宮城谷昌光 湖底の城 〈呉越春秋〉三
宮城谷昌光 湖底の城 〈呉越春秋〉四
宮城谷昌光 湖底の城 〈呉越春秋〉五
宮城谷昌光 湖底の城 〈呉越春秋〉六
宮城谷昌光 湖底の城 〈呉越春秋〉七
宮城谷昌光 湖底の城 〈呉越春秋〉八
水木しげる コミック昭和史1 〈関東大震災～満州事変〉
水木しげる コミック昭和史2 〈満州事変～日中全面戦争〉
水木しげる コミック昭和史3 〈日中全面戦争～太平洋戦争開始〉
水木しげる コミック昭和史4 〈太平洋戦争前半〉
水木しげる コミック昭和史5 〈太平洋戦争後半〉
水木しげる コミック昭和史6 〈終戦から朝鮮戦争〉
水木しげる コミック昭和史7 〈講和から復興〉
水木しげる コミック昭和史8 〈高度成長以降〉
水木しげる 総員玉砕せよ！

水木しげる 敗走記
水木しげる 白い旗
水木しげる 姑《クー》娘《ニャン》
水木しげる 決定版 日本妖怪大全 〈妖怪・あの世・神様〉
水木しげる ほんまにオレはアホやろか
宮部みゆき ステップファザー・ステップ
宮部みゆき 新装版 震える岩 〈霊験お初捕物控〉
宮部みゆき 新装版 天狗風 〈霊験お初捕物控〉
宮部みゆき ICO《イコ》─霧の城─ (上)(下)
宮部みゆき ぼんくら (上)(下)
宮部みゆき 新装版 日暮らし (上)(下)
宮部みゆき おまえさん (上)(下)
宮部みゆき 小暮写眞館 (上)(下)
宮子あずさ 看護婦が見つめた人間が死ぬということ
宮子あずさ 看護婦が見つめた人間が病むということ
宮子あずさ ナースコール
宮本昌孝 家康、死す (上)(下)
三津田信三 忌《い》館《かん》 〈ホラー作家の棲む家〉
三津田信三 作者不詳 〈ミステリ作家の読む本〉 (上)(下)

講談社文庫　目録

三津田信三　蛇《じゃ》棺《かん》葬《そう》
三津田信三　百《ひゃく》蛇《じゃ》堂《どう》〈怪談作家の語る話〉
三津田信三　厭魅《まじもの》の如き憑くもの
三津田信三　凶鳥《まがとり》の如き忌むもの
三津田信三　首無《くびなし》の如き祟るもの
三津田信三　山魔《やまんま》の如き嗤《わら》うもの
三津田信三　水魑《みづち》の如き沈むもの
三津田信三　密室《ひめむろ》の如き籠《こも》るもの
三津田信三　生霊《いきだま》の如き重《だぶ》るもの
三津田信三　幽女《ゆうじょ》の如き怨むもの
三津田信三　シェルター 終末の殺人
三津田信三　ついてくるもの
三津田信三　誰かの家
三輪太郎　あなたの正しさと、ぼくのセツナさ
三輪太郎　死という鏡〈この30年の日本文芸を読む〉
宮田珠己　ふしぎ盆栽ホンノンボ
道尾秀介　カラスの親指〈by rule of CROW's thumb〉
道尾秀介　水の柩
深木《みき》章子《あきこ》　鬼畜の家

深木章子　衣更月《きさらぎ》家の一族
深木章子　螺《ら》旋《せん》の底
深志《みゆき》美由紀　美食の報酬
三木笙子　百年の記憶〈哀しみを刻む石〉
湊かなえ　リバース
宮内悠介　彼女がエスパーだったころ
宮乃崎《みやのさき》桜子《さくらこ》　綺羅《きら》の皇女《ひめみこ》(1)
宮乃崎桜子　綺羅の皇女(2)
村上　龍　海の向こうで戦争が始まる
村上　龍　走れ！タカハシ
村上　龍　愛と幻想のファシズム(上)(下)
村上　龍　超電導ナイトクラブ
村上　龍　イビサ
村上　龍　音楽の海岸
村上　龍　村上龍料理小説集
村上　龍　村上龍映画小説集
村上　龍　ストレンジ・デイズ
村上　龍　共生虫
村上　龍　新装版 限りなく透明に近いブルー

村上　龍　新装版 コインロッカー・ベイビーズ
村上　龍　歌うクジラ(上)(下)
向田邦子　新装版 眠る盃
向田邦子　新装版 夜中の薔薇
村上春樹　風の歌を聴け
村上春樹　1973年のピンボール
村上春樹　羊をめぐる冒険(上)(下)
村上春樹　カンガルー日和
村上春樹　回転木馬のデッド・ヒート
村上春樹　ノルウェイの森(上)(下)
村上春樹　ダンス・ダンス・ダンス(上)(下)
村上春樹　遠い太鼓
村上春樹　国境の南、太陽の西
村上春樹　やがて哀しき外国語
村上春樹　アンダーグラウンド
村上春樹　スプートニクの恋人
村上春樹　アフターダーク
村上春樹・佐々木マキ絵　羊男のクリスマス
村上春樹・佐々木マキ絵　ふしぎな図書館

2019年12月15日現在